JN039163

青季ふゆ
Illust. 有谷 実
3
ド田舎の迫害令嬢は
王都のエリート騎士に
溺愛される

「僕、クロエさんのことが
好きですよ」
イアン
クロエに想いを寄せる
商業地区にある
本屋を営む青年。

「んええっ!?」

クロエ・アルデンヌ

王都で困っているところ
ロイドに拾われ家政婦として
雇われ中。彼の優しさに触れ、
徐々に気持ちに変化が……?

「ロイド!?」
「フォイド様!?」
「この俺が、不注意で転んだ……？」
フレディ
面倒見がよく、多くの団員に慕われる王国第一騎士団の副団長。
ルーク・ギムル
騎士学園を首席で卒業したギムル侯爵家の令息。ロイドに決闘で敗れ、現在更生中。
ロイド
〝漆黒の死神〟と恐れられる王都第一騎士団のエース。最近はクロエを意識しすぎて、考えられないミスを連発中。

「家政婦でありながら
寝坊をしてしまうなんて、
許されることではありません！
この大罪は例えこの身が
どうなってでも償いたく……」

「クロエ」
「はい」

「俺と、結婚してほしい」

CONTENTS

doinaka no hakugai reijo ha
oto no elite kishi ni dekiai sareru

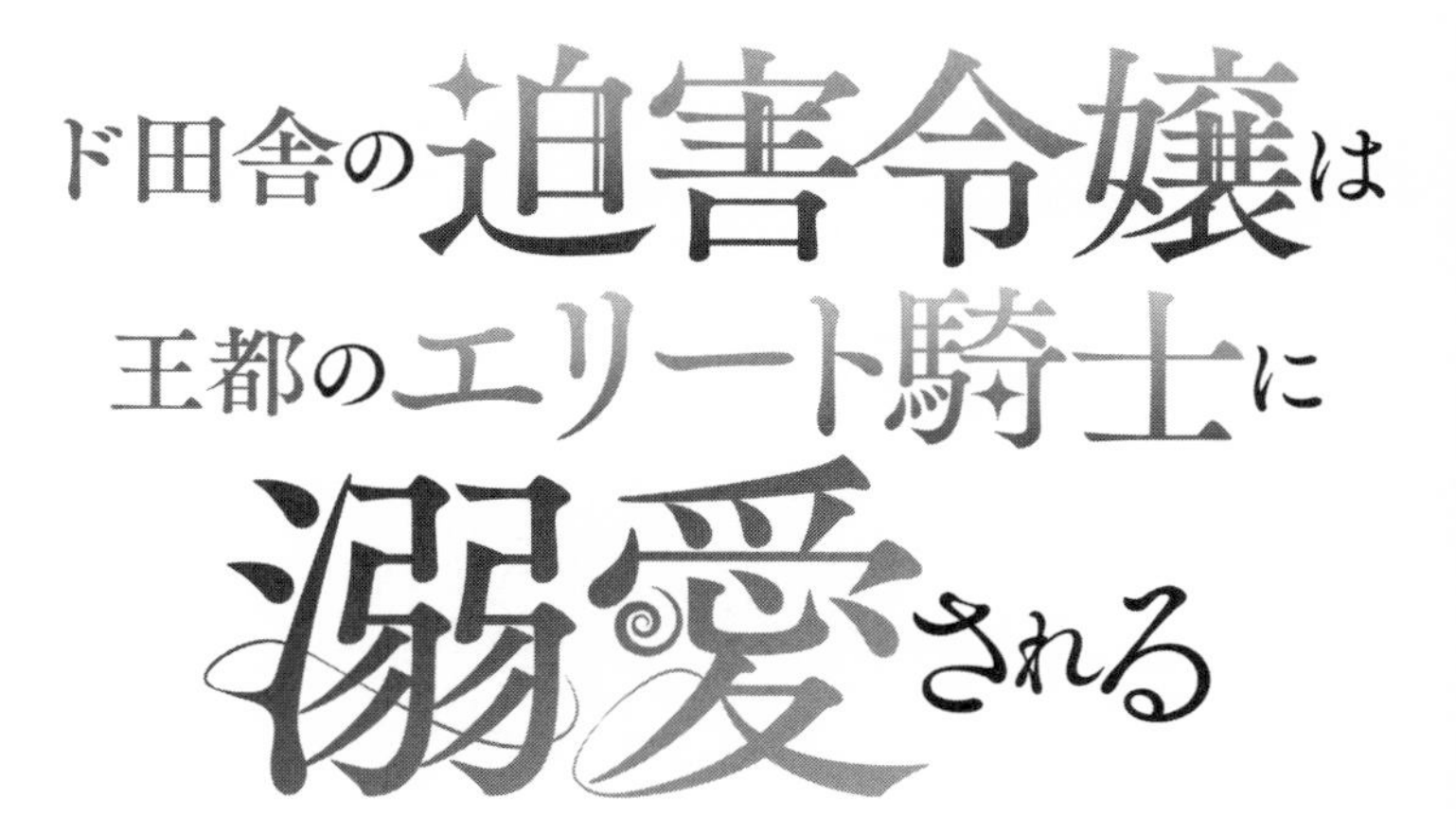

doinaka no hakugai reijo ha
oto no elite kishi ni dekiai sareru

3

青季ふゆ
Illust. 有谷 実

Presented by
Fuyu Aoki
& Minori Aritani

✦プロローグ

『……こうして、お姫様は王子様と結婚して、末長く幸せに暮らしましたとさ』
薄暗い部屋の中。
蠟燭(ろうそく)の光だけを頼りに、メイド服を着た女性が絵本を読みあげている。
『めでたし、めでたし』
パタンと絵本を閉じて、女性はベッドに座る幼い少女に顔を向けた。
少女の表情に満ちているのは、ひとつの物語を堪能した満足感。
しかし僅(わず)かに釈然としない疑念を浮かべて女性に言葉をかけた。
『ねえねえ、シャーリー』
『はい、なんでしょう、クロエ様』
女性――シャーリーは笑顔を浮かべる。
『ケッコン、てなあに?』
少女――クロエの質問に、シャーリーはぱちぱちと目を瞬(また)かせた後。
『クロエ様には少し、難しかったですね』
そう言って、シャーリーは顎に手を添えた。

『結婚、そうですねえ……』

考え込んでから、ピンと人差し指を立ててシャーリーは言った。

『結婚というのは、好きな人と『これからずっと一緒にいる』という、約束をすることですよ』

『へえー！』

シャーリーの説明に、クロエは大きく頷(うなず)いた後。

『じゃあ私、シャーリーと結婚する！』

目を輝かせて声を張る。

『だって、シャーリーのこと、大好きだもん！』

『ふふっ、嬉しいことを言ってくれますね』

微笑(ほほえ)みを浮かべ、シャーリーはクロエの頭をゆっくり撫(な)でた。

くすぐったそうに、クロエは目を閉じる。

『好きにも色々あるのです。私に対する『好き』は、結婚の時に大事な〝好き〟とは違うものなのですよ』

『んー……よくわかんない……』

『いずれ、クロエ様にもわかる時が来ますよ』

腕を組んで難しそうな顔をするクロエに、シャーリーはちょっぴり寂しそうな表情をする。

『もし、クロエ様がいつの日か、この人とずっと一緒にいたい！　って人と出逢ったら……』

どこか祈るような、しかし慈愛に満ちた笑顔を浮かべ、シャーリーは言葉を紡(つむ)いだ。

『その時は……結婚して、幸せになってくださいね』

……。

………。

……………。

「────はっ」

意識が浮かび上がる。

身体(からだ)を包み込むお布団の心地よさ、カーテンの隙間から差し込む朝陽(あさひ)の眩(まぶ)しさ。

窓の外からぴよぴよちゅんちゅんと、鳥たちの歌声が聞こえてくる。

のそのそと、クロエは起き上がった。

幼さが残りつつも整った顔立ち、眠そうな丸い目とすっきりとした鼻立ち。

ほんのりピンク色の髪は就寝中の寝返りで微(かす)かに跳ねているが、痛みやゴワつきはほとんどなく背中の辺りまで伸びている。

肌は雪のように白いが、頬には何か打ち付けたような痕がある。

体つきは細めなものの決して不健康さは感じさせないほどよい肉付き。

実家にいた頃はボロボロでガリガリなクロエだったが、王都に来て三食しっかり食べて十分に睡眠を取るようになってから、すれ違うと思わず目が離せなくなる容姿になっていた。

「夢……」

ぽつりと、クロエは呟く。

普段、夢の内容なんて起きた時にはすっかり忘れているが、今回は妙に鮮明に覚えていた。

クロエが生まれた、ローズ王国辺境の領地シャダフにて。

幼い頃、侍女のシャーリーがとある絵本を読み聞かせてくれた時の記憶だった。

「いつの日か、この人とずっと一緒にいたいって人と出逢ったら……」

夢の中で、シャーリーが自分にかけてくれた言葉を暗唱する。

まるで、大事な思い出を忘れまいとするように。

「その時は……」

一番大事な部分を口にしようとした途端、体温の上昇を実感した。

口にしたら弾けてしまいそうな気がして、思わず両頬を押さえたその時。

コンコンとノックの音が部屋に響く。

「クロエ、起きているか？」

「あっ、はっ、はい！」

クロエが声を上げると、端正な顔つきで背の高い男性——ロイドが部屋に入ってきた。

ロイドを視界に収めるだけで、クロエの心臓がとくんと高鳴る。

クロエよりも頭ふたつ分ほど高い背丈。

普段の鍛錬によってしっかりと引き締まった体つき。

高く通った鼻筋に、しっかりと結ばれたくちびる。

あまり表情が変わらないのも相まって、整った顔立ちは凛としている。

漆黒の髪は適度に切り揃えられていて、触るとふわふわと柔らかそうだ。

街を歩けば何人もの女性が振り返ってしまうほどの美丈夫、それが、王都第一騎士団所属の若きエリート騎士、ロイド・スチュアートという男だった。

「ぼーっとしているようだが、大丈夫か?」

思わずクロエはロイドから顔を背けた。

「クロエ?」

「……あっ、えっと、ごめんなさい、なんでもありません!」

「なんでもない反応では無さそうだが」

ロイドが微かに困惑を含んだ声を漏らす。

寝起きだというのにうるさい心臓をなだめるべく、深呼吸してからクロエはロイドに向き直った。

そこで、クロエはハッと気づく。

ロイドが身につけているのは就寝用のパジャマではなく、カッチリとした第一騎士団の正装であることに。

「あれ……?」

一日の始まりで、クロエが初めて目にするロイドの格好はパジャマだ。

毎朝、クロエはロイドよりも早く起きて朝食を作ったり、弁当の準備をしたりと家政婦の仕事を全うしているためだ。

しかし今、ロイドは仕事へ出かける服装をしている。

その事実から導き出される可能性はひとつ。さーっと、クロエの血の気が引いた。

ロイドは言いにくそうに頭を掻いてから口を開いた。

「すまない。起こそうとしたのだが、あまりにも気持ちよさそうに寝ていたものでな」

ようするに、寝坊した。

「あああーーーーーっ!!」

クロエの悲鳴が、部屋に響き渡った。

✦第一章　恋人になった二人

ローズ王国の首都、リベルタ。

王城からほど近い、北区にある一軒家。

第一騎士団所属、ロイド・スチュアートの家で、クロエは家政婦として働いている。

「大変申し訳ございません……!!」

リビングのテーブルにめり込ませんばかりに、思い切り頭を下げるクロエ。

「家政婦でありながら寝坊をしてしまうなんて、許されることではありません！　この大罪はたとえこの身がどうなってでも償いたく……」

「待て待て待て待て待て」

対面に座るロイドが手を突き出して言う。

「人間誰しもミスはある。寝坊ごときで大騒ぎしていたら、身体(からだ)がいくつあっても足りない。俺は何も怒ってないから、気にしないでくれ」

クロエがゆっくりと顔を上げる。

びくびくとした表情には、『ほ、本当に怒っていませんか……？』と書いてあった。

「大丈夫だ。朝食は適当に済ませたし、出勤の準備もした。それに、俺がこんなことで目くじらを立てることはないと、クロエもわかるだろう？」

「そ、それもそうですね……」

ロイドの言葉で、クロエはようやく安堵の息をついた。

（そうよね、ロイドさんは寝坊くらいで怒るような人じゃない……それはわかってるのに……）

ぎゅっと、クロエは胸の前で拳を握る。

このようにちょっとしたミスに対しても大きく罪の意識を持ってしまうのは、クロエの心の根幹にあるこれまでの経緯が原因だろう。

ローズ王国の辺境の領地、シャダフ。

アルデンヌ辺境伯の次女として生まれたクロエは、生まれつき背中に大きな痣があった。

クロエが生まれてすぐ、飢饉や身内の不幸に相次いで見舞われた。

そのため、母イザベラをはじめとした家族たちはクロエを『呪われた子』として扱い虐げる。

毎日のように罵詈雑言を浴びせられ、暴力を振るわれ、ボロ雑巾のように扱われる日々。

ある日、イザベラにナイフを向けられ命の危険を感じたクロエは家を飛び出し、王都リベルタに逃れる。

そこで、第一騎士団所属の心優しき騎士ロイドと出会ったクロエは、彼の家で家政婦として働くことになった。

それから約三ヵ月。ロイドをはじめとした王都の優しい人たちのおかげで、クロエは少しずつ自信をつけていった。

しかし『自分は呪われた子だ、悪い人間だ』という思い込みは完全に拭えるものではなく、今でもちょっとしたミスをしただけで抱えきれないほどの罪悪感を膨らませてしまう。

この家に来たばかりの頃ように、土下座までして謝ることはなくなったが、やはり謝罪が過剰になってしまう傾向があった。

直さなきゃいけないとは思いつつも、まだまだ時間がかかりそうだった。

「しかし、珍しいな。クロエが寝坊だなんて」

「あっ、えっと……その……」

言葉に詰まりながらクロエが言う。

「も、申し訳ございません。昨晩、読んでいた本が面白くて夜更かししてしまいました……」

王都に来てから見つけた趣味、読書。

眼鏡(めがね)をかけた好青年、イアンの営む書店で購入した本を読むことを夜の日課にしているクロエらしい理由であった。

クロエの言葉に、ロイドは眉をひそめる。

「昨日、俺も一緒に読書をしていて、ほどよいところで切り上げたと思うが」

「つ、続きを読みたいって気持ちが抑えられなくて……部屋に戻ってからも、読み耽(ふけ)ってしまいました」

「なるほど。俺も時々、興味深い本には熱中してしまうから、気持ちはわかる」

腕を組み、ロイドがうんうんと頷(うなず)く。

その神妙な顔つきを見ているだけで、また顔の温度が上がっていって……。

「どうした、クロエ？」

「あっ……いえ！　えっと……」

「顔が赤いようだが……熱でもあるのか？」

ロイドが身を乗り出し、掌をクロエの額に当てようとする。

それから逃れるように、クロエはババッと顔を逸らした。

「……クロエ？」

「……だ、大丈夫です、おかげ様でたっぷり寝ているので、今日の私は健康です」

「言葉選びが妙なことになっているぞ。本当に大丈夫か？　何かあったのか？」

「な、なんでもないです、いつも通りの私です、はいっ」

「いや、だから、なんでもないふうには……」

それ以上は追及せず、ロイドは言葉を切る。

「…………」

「…………」

妙な沈黙。

なんとなく気まずい空気の中、ロイドが口を開く。

「……だいぶ、直ってきたな」

「はい、おかげ様で」

自分の右頬に刻まれているであろう、何かに打ち付けたような痕にクロエはそっと指を添わせる。

ピリッと伝わってくる確かな痛み。

クロエにとっての戦いの勲章でもあった。

「それは、何よりだ」

言った後、ロイドは立ち上がる。

「ではそろそろ、仕事へ行ってくる」

「は、はい……そうですね、もうそろそろ出ないといけませんね」

クロエも立ち上がって、玄関へと向かった。

「ごめんなさい、私の寝坊のせいで、お弁当も持たせてあげられなくて……」

ブーツを履くロイドに、クロエが申し訳なさそうに言う。

「気にするな、昼食はなんとかする。今日も、いつも通りの時間に帰る」

「は、はい！　夕食は楽しみにしてくださいね！」

胸をどんと叩くクロエに、ロイドは小さく笑う。

「期待している」

そう言ったあとロイドはまだ何か言いたげな顔をしていたが、微かに首を振って。

「それじゃ……」

「行ってらっしゃいませ、ロイドさん。お怪我なさらないよう、お気をつけて」

こうして、ロイドは仕事に出掛けていった。

一人になってから、クロエはその場でへなへなと座り込んだ。

立てた膝と膝の間に顔を埋めて、余裕のない声を漏らす。

「……何が、いつも通りの私です、よ」

全然いつも通りじゃない。

言葉も、挙動もおかしい。

そのことはクロエ自身重々承知しているし、ロイドもわかっているはずだ。

なんなら今日だけでなく、ここ最近クロエの様子はずっとおかしい。それにもかかわらずロイドが深掘りしてこないのは、お互いに薄々察している、気恥ずかしい理由があるからだ。

「どうしよう……ロイドさんの顔、まともに見れない……」

膝の間から覗かせるクロエの顔は、熟れたりんごのように真っ赤だった。

ロイドとクロエの関係性が明確に変化したのは三日前のこと。
思い返すと、まさしく激動の一日だった。
とあるパーティに出席するべくシャダフからやってきた姉のリリーに、クロエは不運にも見つかってしまう。
リリーによってクロエは攫われ、ホテルで殴る蹴るの暴行を受けた。

クロエの右頬に残る打撲の痕は、その時にできたものだ。その後、あわや実家に連れて帰られそうになったが、間一髪のところでロイドに救出してもらった。

その時、二人はお互いの気持ちを伝え合った。

――私、ロイドさんのことが好きです。

――俺も、クロエが好きだ。

確かな言葉はお互いの心の深いところまで響き、晴れて二人は両想(りょうおも)いとなった。

必然的に、二人は恋人同士になったと言えよう。

「そこまでは、良かったんだけど……」

リビングのソファでクッションを抱えたクロエが呟く。

「いざ恋人となると……うう……恥ずかしい……」

ぽすんと、クロエはクッションに顔を埋めた。

これまでは、ロイドとの関係は家政婦と雇い主。

あくまでも主従関係のため一定の距離感があった。

そのため、クロエがロイドに対して密かに抱いていた想いを抑えることができていた。

しかし、今は違う。

恋人同士となった今、クロエからロイドへの想いは溢(あふ)れるばかり。

顔を見るだけで、声を聞くだけで、指先がほんの少し触れ合うだけで、ドキドキと胸が高鳴って、顔が熱くなって、どうしようもなくなってしまう。

王都に来るまで実家に幽閉されていたクロエに色恋沙汰など皆無。

ロイドはクロエにとって人生でできた初めての恋人だった。

恋愛偏差値ゼロのクロエは、ロイドとの接し方を測りかねているのだった。

「ううん！　いけない、いけない！」

ぶんぶんとクロエは首を横に振る。

恋人同士になったとはいえ、自分はロイドの家政婦なのだ。

恋に浮かれて仕事が疎(おろそ)かになるなどあってはならない。

……ただでさえ、仕事に支障が出始めているのだ。

今朝(けさ)の寝坊も、昨晩の読書による夜更かしだけが原因ではない。

一緒に読書をしていたロイドの佇(たたず)まいが、凛とした顔立ちが頭の中に焼き付いて、ベッドに潜り込んでからもなかなか寝付けなかったからだ。

思い出したらまた顔が熱くなってきた。

「このままじゃ駄目っ……」

ぺちぺちと頬を叩いて気合を入れ直す。

立ち上がって、深呼吸をする。

心臓を十分に落ち着かせてから、掃除や洗濯、夕飯の食材のチェックなど家政婦の仕事をするべく、クロエは活動を開始するのであった。

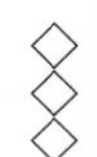

昼前には一通りの家事が終わって、クロエは家を出た。

商業地区、シエルが営む露店にクロエは足を運ぶ。

夕食の買い出しとは別に、大きな目的があった。

「クロエちゃん、久しぶりさね！」

「こんにちは、シエルさん」

ぺこりとクロエは頭を下げる。

リリーの一件以来、初めて店を訪れたため、シエルの元気の良い声を聞くとどこか懐かしい心地になった。

一方のシエルは、クロエの右頬に残った打撲痕を見るなりハッと表情を強張らせた。

「クロエちゃん、その傷……!!」

声を上げてから、シエルは会計作業を他の店員に任せてこちらにやってくる。

「ああっ、可愛らしい顔になんてこと……痛かったろう?」

シエルは悲痛そうに表情を歪める。

「大丈夫です！　まだ少しだけ痛いですが、お医者さんによると、痕は残らないそうなので……」

心配をかけまいと、クロエは明るい調子で言った。

リリーの一件の翌日、ロイドが医者に連れていってくれた。

そこで十分な治療を受けたおかげもあって、受けた暴行の傷痕は回復に向かっている。

「それは良かった……本当に、良かったさね」

うんうんと、シエルは心底安心したように息をついた。

「遅くなりましたが、シエルさん、ありがとうございました」

深々とクロエは頭を下げる。

「ロイドさんから色々とお話を伺いました。私の居場所を、シエルさんが街の人たちと協力して見つけてくれたって……」

三日前、リリーによってクロエがホテルに監禁された際。

クロエを探しにきたロイドから事情を聞いたシエルは、この辺りの人々に呼びかけて、クロエの目撃情報を集めてくれたのだ。

そのおかげで見事リリーが宿泊しているホテルがわかり、クロエの救出劇へと繋がったのだ。

「あの騎士様はロイドっていうのかい、いい名前さね」

優しげに口元を緩めるシエルに、クロエは続ける。

「今、私がここにいるのは、シエルさんのおかげです。本当に、ありがとうございました」

夕食の買い出しとは別の理由――シエルへの感謝を伝えるクロエ。

「そんなあらたまらなくて良いさね。何よりも、クロエちゃんが無事で良かった」

優しげに目を細めて言った後、シエルは耳打ちするようにクロエに尋ねた。

「それよりもクロエちゃん、アンタ、辺境伯の令嬢さんだったんだって？」

ドキーンと、クロエの心臓が飛び跳ねる。

「ど、どこでそれをっ……?」

「私の情報網を甘く見ちゃ駄目さね。あれだけの騒ぎになったんだし、私も無関係だったとは言い難かったから、気になって調べさせてもらったさね」

拉致監禁、暴行。

第一騎士団の騎士への反逆行為。

並べてみると、姉リリーは相当な事件をやらかしている。

その現場を王都でも一番の精鋭部隊、第一騎士団が押さえたとなれば話題性は抜群だろう。

この一件の余波、クロエが実家にいた頃の家族からの虐待行為についても追及されることとなった。

近日中に、リリーと母イザベラを交えた審議会が行われることになっている。

現状は、辺境伯にいるイザベラの元に、司法を管轄する公的機関から王都への招集状が届けられている段階のため、審議会の日程はまだ決まっていない。

「リリーという令嬢さんは、クロエのお姉さんなんだろう?」

全て筒抜けのようで、クロエには何の誤魔化しも反論の手立てもない。

(確か、シエルさんは商会のトップ……)

ここら一帯の商品を取り仕切る立場となると、さまざまな情報網を持っているのだろう。

こくりと、観念したようにクロエは頷くしかなかった。

「やっぱり！　クロエちゃん、こんなに可愛いんだもの。どこか良いところでの貴族の令嬢さんじゃないかって、ずっと思っていたさね」

「そ、そんなことありませんよ……」

胸の辺りがくすぐったくなって、思わず視線を下に向けるクロエ。

自分の容姿に関して、ロイドのおかげもあり多少自信はついているものの、褒められるのは未だに慣れなかった。

俯いたままクロエは、眉を下げて謝罪の言葉を口にする。

「それよりも、ごめんなさい、今まで隠していて……」

「気にすることはないさね！　あんなひどい姉さんがいるくらいなんだ。身分を隠して王都で家政婦をやっているなんて、色々と複雑な経緯があったんだろう？」

再び、クロエはこくりと頷く。

本当に、複雑な経緯があった。

背中の痣のことや、実家でずっと虐げられていたこと。

母親に殺されそうになって家を飛び出し、王都にやってきたこと。

とてもじゃないが、立ち話で語りきれないほどの事情があった。

「まっ、人にはひとつやふたつ話したくないことはあるさね！　言いたくないことは言わないでよし！　当たり前のことさね」

そう言ってシエルはいつもの快活な笑顔を覗かせる。

しかし、すぐに申し訳なさそうに目を伏せて。

「むしろ謝らなきゃいけないのは私の方さね。ごめんよ、私があの時、クロエちゃんの姉さんに余計なことを言わなければ、こんなことには……」

「いえいえいえいえ！　それこそ謝らないでください！」

胸の前で手をぶんぶん振りながらクロエは言う。

「そもそも、姉と私の関係をシエルさんは知らなかったんですし、もし知っていたとしても、シエルさんの立場的に私のことを言わないわけにはいけなかったんですから……誰も悪くない、避けられない事態だったと思います」

「本当に、クロエちゃんは優しいねえ……」

クロエの言葉に、シエルはしみじみと頷く。

「その優しさに甘えたくなるけど、それじゃ私のプライドが廃るさね！　私は商人！　お客様への失態は、商品で返すさね。ということでクロエちゃん、今日は全品無料大出血サービスだよ！　なんでも好きなものを持っていくといいさね！」

「そんなそんな！　いいですってば……!!」

このまま何も言わなかったら本当に全品無料にしかねない勢いのシエルを、クロエは全力で押し止め、どうにか何品かのおまけですませてもらうことに成功した後。

「早速ですが、今日の食材のおすすめとかありますか？」

今朝寝坊をしてしまった分、今晩の夕食はしっかりと気合を入れて作らなければならない。

「あいよ！　もちろんさね！　今日のおすすめは……」

クロエがシエルのお店で夕食の食材を購入している頃。

「うおおおおおおおお！！！」

王城の訓練場に気合の入った雄叫びが響く。

雄叫びを放った男――ダズは、ロイドに向かって大きな木剣を振りかぶった。

ダズの剣筋を予測し、ロイドは身体を横にずらす。

ほんの一瞬前までロイドがいた場所を、ダズの木剣が走った。

「ちぃっ……!!」

盛大に舌打ちした後、ダズは再びロイドに攻撃を仕掛ける。

ダズは身体が重量級ということもあり攻撃力に特化しているタイプだ。

しかしここ最近、ロイドの提案によるトレーニングを続けているおかげで俊敏性とスタミナも上昇しているため、総合的な戦闘力が著しく高くなっている。

びゅんっ、びゅんっと、ダズがその身体に似合わぬ身のこなしで木剣を振り抜く。

俊敏性が上昇したとはいえ、相手は第一騎士団最強と名高い漆黒（しっこく）の死神（しにがみ）ロイド。

ダズの攻撃を目と勘で見切り、淡々と避（よ）けていた。

……ように見えているが。

（おかしい、集中できていない……）

ダズの攻撃を避けながら、ロイドは精神の乱れを感じていた。

普段、戦闘中は相手の目線や剣筋、足腰の使い方、果ては息遣いまで五感全てで感じ取り、その瞬間瞬間で最適な選択をするようにしている。

それはロイドが幼い頃から戦闘術を仕込まれてきた故にできる芸当で、もはや感覚で行えるまでに至っていた。

しかし今は、その感覚に曇りが生じている。

いつもよりも反応が遅い。身体も心なしか重いような気がする。

その原因は、先ほどから頭の中にチラつく少女の声や姿で——。

——いってらっしゃいませ、ロイドさん。

朝、玄関で見送ってくれたクロエの姿が鮮明に思い起こされた瞬間。

「よそ見かロイドォ⁉」

隙アリとばかりの声にハッとすると、眼前にダズの木剣が迫っていた。

（避けきれない……）

一瞬で判断したロイドは、木剣を身体の前にかざしダズの攻撃を受ける。

ゴイインッと、腹の底から震えるような打撃音。

両腕からビリビリと重い衝撃が伝わってきた。

「くっ……」

両膝を曲げ懸命に踏ん張る。

痺れる腕でなんとか剣を押し戻そうとするものの、体重差もあってそれは叶わない。

その時、ダズの口元にニヤリと笑みが浮かんだ。

「ふっ……!!」

「!?」

体幹を器用に保ったまま、ダズの大きな足をロイドに向けて放つ。

両腕を防御で取られていたロイドはダズは蹴りを腰に受けてしまった。

「ぐっ……」

くぐもった声を漏らして、ロイドは横に吹き飛んでしまう。

咄嗟に受身を取ったものの、体勢を崩し跪いた。

なんとか立ち上がろうとするものの、ダズはすでに次の攻撃の構えを取っていて。

「貰ったああああああぁぁぁぁぁーーーーーーーー!!」

勝利の雄叫びと共に木剣が迫り――ロイドの肩を、とんっと叩いた。

「………」

しん、と水を打ったような静寂の後。

「勝者、ダズ!」

「うおっしゃああああああああ!!」

立会人が声を張ると同時に、ダズは天に向かって渾身のガッツポーズを掲げた。

「すげーじゃねえかダズ！　ロイドから一本取るなんて！」

見物席にいた同僚の騎士たちがやってきてダズを褒め称える。

「見直したぞダズ！　ただ図体がデケェだけじゃなかったんだな！」

「図体がデカいだけは余計だ！」

同僚たちに囲まれ賞賛されるダズを見て、ロイドは小さく息をつく。

相変わらずの無表情だが、唇は僅(わず)かにへの字になっていた。

訓練とはいえ一本取られたことに対し、悔しさを浮かばせているようだった。

そんなロイドのそばにも同僚がやってくる。

「ロイドもすごかったぜ！」

「まあ気にするな！　さっきのはダズの方が一枚上手だったな」

「漆黒の死神にも油断くらいあるさ！」

ロイドに声をかける同僚たち。

彼らの表情には、仲間の健闘を称える前向きな感情が浮かんでいた。

ついこの間まで、訓練を終えてもロイドを遠巻きに眺めるだけだった彼らも、あることがきっかけでロイドに話しかけるようになっている。

「立てるか？」

いつの間にかやってきたダズがロイドに手を差し伸べる。

「すまない」

ダズの手を取り、ロイドは立ち上がった。

「良い動きだった、感謝する」

ロイドが評価の言葉を口にすると、ダズはわかりやすく嬉しそうな顔をする。

「いやあ、ははは！　最後の攻撃は賭けだったんだがな、上手くハマってよかったぜ！」

「あの状況で蹴りを選択するのは、自分の体勢も崩れるリスクがあった。そんな中、崩さずによく放てたな」

「それこそ俺の方がありがとうだぜ！　ロイドが発案してくれた訓練のおかげで、明らかに身体の軸が保てるようになってるんだ。今までひたすら攻撃するしか脳がなかったが、おかげで選択肢が増えた！」

バシバシとロイドの背中を叩きながらダズは言う。ロイドから一本取った喜びと、自身の成長を確かに実感できた充実感がダズの表情から溢れている。

「ダズのやつ、ロイドの鬼メニューを毎日こなしてたって」

「ひえええ俺なら絶対に耐えられない……」

「そりゃあ強くなるよなあ……」

ヒソヒソ話をする同僚たちの顔は驚きに満ちていた。

というのも、団員たちとロイドの距離が縮まって以降、ロイドは積極的に各団員に対し個別指導を行うようになっていた。

これはもちろん騎士団全体としては、個々の戦闘力を上昇させる非常に良いことだ。

ただロイドの考案した指導内容は、並の騎士だと裸足(はだし)で逃げ出してしまうほど厳しく、各所から悲鳴が上がっていた。

身体が頑丈で体力のありあまっているダズだからこそ、トレーニングを完遂できた指導だったのだ。

「ロイド様、お疲れ様です！　タオルです！」

ルークがどこからともなくやってきて、冷たいタイルをロイドに差し出した。

学校を卒業してほどない故の、まだ少年っぽさを残した顔立ち。

短く切り揃えた白髪に、琥珀(こはく)色の鋭い瞳。

身長はロイドより少し低いくらいで、騎士団の制服をしっかりと着こなしている。

「ああ、ありがとう」

「他にも何か必要なものがあったら言ってくださいね!!」

「大丈夫だ」

キラキラと目を輝かせて言うルークに、ロイドは淡々と返答する。

先日、クロエを巡ってロイドに決闘をふっかけたルークはロイドに見事に撃破された。

それ以降、ルークはロイドに従事するかたちとなり、ロイドに対し絶対的な忠誠を誓っている。

あの尖(とが)りに尖っていたルークはどこへやら。

今やルークは、ロイドに従順な使用人のようになっていた。

そんなルークの経緯を思い返していると、一緒にクロエの声が頭に響いてくる。

——ロイドさんが勝つって……私、信じてましたから。

ルークとの戦いに勝利した後、クロエがロイドにかけた言葉。

(……っ、まただ……)

また、クロエのことが浮かんでしまう。

(今は仕事中だぞ……)

そう自分に強く言い聞かせるロイドだったが、しばらくの間、クロエのことが頭から離れることはなかった。

「珍しいな、お前が一本取られるなんて」

昼の休憩時間、控室でもそもそと携帯食を齧っていたロイドにフレディが声をかけた。

「申し訳ございません、少しばかり集中を欠いてしまいました。騎士として猛省するべき失態です」

「いやいやいや、そんな大袈裟な」

今にでも反省と称して腕立て伏せでも始めそうな勢いのロイドに、苦笑を漏らしながらフレディは言う。

相変わらず女遊びをさせたら一流といった顔立ちをしているが、これでも娘と妻を溺愛する既婚者である。

「人間なんだから、誰にだって調子の良くない日はある。むしろお前の勝率が今まで異常過ぎたんだよ。ダズが勝ったのだってお前の訓練で強くなったという証でもあるし、良いことじゃないか」

フレディが励ましてくれるも、ロイドの胸中は晴れなかった。

ロイドとて、訓練試合において全戦全勝というわけではない。

これまでにも数回、敗北を喫したことがある。

しかし相手はフレディや団長といった、騎士団の中でもトップの腕前を持つ相手だった。

全体の勝率となると勝ち越していることは言うまでもない。

（やはり、おかしい……）

いくらダズの腕前がトレーニングで多少上がったとはいえ、ロイドであればたった一本でも取られることは有り得ない。それほどの実力差があるのだ。

なのに、負けた。

それはロイド側に問題があることを明確に示していた。

「ただ、俺の気のせいなら良いんだが……」

真面目な表情をしてフレディは言う。

「今日一日ならまだしも、ここ数日ロイドの動きが若干鈍いような気がするんだよな。本当に、若干でしかないけど」

フレディの言葉に、ロイドは心臓を摑（つか）まれたような心地になった。

周りから見ても気づくレベルなのかと、危機感が募る。

(気のせいではない……)

フレディの言う通り、確かにここ数日ロイドは調子を落としている。

(……いや、原因はわかっているのだが)

別に、体調が悪いというわけではない。

精神的な問題であった。

自覚して考えてしまうと、余計に頭の中が混乱してしまう。

しかし考えないようにすればするほど、今ごろ家でせっせと家事をこなしているクロエのことを思い出してしまい……。

「ロイド、おーい。大丈夫か？」

フレディに顔の前を掌で扇(あお)がれて、ロイドはハッとする。

また思考が明後日(あさって)の方向に行ってしまっていた。

「すみません、ボーッとしていて……」

フレディが怪訝(けげん)そうに眉を顰(ひそ)める。

「大丈夫か？　調子が悪いなら、今日は早退してもいいんだぞ」

「いえ、大丈夫です。いつも通り、体調は万全なので」

「そうか、ならいいんだが……それにしても……」

ちらりと、ロイドが持つ携帯食を見てフレディが尋ねる。

「今日は珍しく、クロエちゃんの愛妻弁当じゃないのか?」

「はい。今朝はクロエが……」

「そうだ、わかったぞ!」

寝坊をして、とロイドが答える前に、フレディは確信を得たりといった調子で声を上げた。

「喧嘩だな? 喧嘩をしたんだな? それで今日はお弁当抜きー! ってなったんだろう? 調子が悪いのも、それが原因だな? よしよし、わかったわかった。妻といつまでもラブラブな俺が、女性を怒らせてしまった時の対処法をわかりやすく教えて……」

「違います、ただの寝坊です」

ロイドが言葉を挟むと、フレディはさらに確信を深めたとばかりに続ける。

「寝坊、ということは……昨晩は遅くまでお楽しみだったということか⁉ いつの間にそこまで進んだんだ⁉ 待てよ……そうか、やっぱりそれで調子が……」

「そんなわけないでしょう」

話の収拾がつかなくなってしまう前にロイドはキッパリと言う。

「冗談だって冗談!」

くははっと、フレディはおちゃらけた笑顔を浮かべて続ける。

「ロイドもクロエちゃんも、お互い奥手だもんな。そんな早く進展するとは俺も思ってないって。二人の想いが通じ合って、恋人同士になるのもまだまだ先だろうし……」

「………」

「……え、なんでそれは否定しないの？」

ロイドの反応に、フレディはハッとする。

「まさかロイド、お前……」

「ロイド様！　お昼はそれだけですか⁉」

フレディが核心をつこうとした時、ロイドの携帯食を見たルークが尋ねる。

「ああ、今日はこれがランチだ」

「そんなんじゃ、少な過ぎますよ！　せめてあと何品かは追加で食べないと倒れてしまいます！」

「問題ない。ジャングルで三日三晩、絶食状態でも生きながらえることができた」

「ここはジャングルじゃないですよ！　豊富な食材があるんですし、栄養をたくさん摂らないと！」

「入団した次の日に、シェフを連れてきてランチコースを作らせようとした貴様に、栄養についてとやかく言われる筋合いはない」

「あっ、あれは僕も少しばかり世間知らずだったと言いますか……今はほら、ちゃんとお弁当を持ってきていますよ！」

そう言って、ルークは大きなお弁当をパカリと開いてロイドに見せた。

弁当箱の中には肉や魚を中心とした料理がぎっしりと詰め込まれている。

高級なレストランで高級な食器に盛りつけられて供されるような料理が、味気ない弁当箱に詰め込まれているという、なんともミスマッチな代物だった。

「さあロイド様！　僕のお弁当から好きなものを取って行ってください！　我が敬愛するロイド様

がそんな貧相な食事を摂ってお腹を空かせてしまうとなると、僕の気が休まりません！」

「……いや、遠慮しておく。見るだけでも胸焼けしそうだ」

「そんな！」

ガーン！

ルークはショックを受けたような顔をする。

「むむ……では今からひとっ走りしてパンでも干し肉でも買ってきます！　これでも足の速さには自信があるので、五分以内には食料を調達できますよ！」

「そんな小間使いのようなことはしなくていい」

今にも全力で走り出しそうな勢いのルークの首根っこを掴むロイド。

ルークは叱られてしょんぼりする猫みたいになっていた。

「すっかりロイドに従順な僕(しもべ)になっちゃってるね」

ロイドとルークのやりとりを見て、フレディが苦笑を浮かべる。

貴族学園を主席で卒業し、次代のエースとして期待を持たれていたルークだったが、ロイドに完膚なきまでに圧倒されたことですっかり丸くなっていた。

甘ったれた根性を叩き直してやるつもりで厳しく指導したのは確かだが、少し度が過ぎてしまったかもしれない。

「素振りをしてきます」

携帯食を食べ切ったロイドが立ち上がる。

「もう行くのか？　まだ昼休み中だぞ？」

「精神の乱れがあるので、少しでも平常に戻したいのです」

先ほどダズに負けた悔しさも尾を引いていた。

もっと鍛錬を積まなければならないと、訓練用の木剣を手に取る。

「フォイド様！　ひょろしへればをくがほあいてしまほうか？」

「口に物を入れたまましゃべるな」

「ふぉっ、もうしわけ……」

あわてて口いっぱいに詰め込んでいた食べ物を飲み込もうとするルークを無視して外へ向かおうとするロイドにフレディは言う。

「殊勝な心がけだが、休める時にしっかり休まないと怪我するぞー」

「問題ありません。この程度で怪我をすることは……」

――お怪我なさらないよう、お気をつけて。

ガッ。

「むっ」

ズテーン!!

「ロイド!?」

「フォイド様!?」

テーブルに足をぶつけ見事にすっ転んだロイドに、フレディとリス顔のルークが駆け寄る。

地面にうつ伏せのロイドは表情を驚愕に染めて微動だにしない。

『この俺が、不注意で転んだ……?』

顔にはそう書かれていた。

「……やっぱり今日は、早退するか?」

「……申し訳ございません。お言葉に甘えようかと思います」

第一騎士団のエース騎士らしからぬ不甲斐なさに、ロイドは大きなため息をついた。

まだ外が明るい時間に帰路を歩くのは妙な感覚だった。

「はあ……」

もう何度目かわからないため息を漏らすロイド。

家へ向かう足取りは重く、何か大きな犯罪を犯しているような心地すら感じる。

体調が悪いわけでもないのに仕事を早退することは、騎士としてのプライドが高いロイドにとって大きな抵抗があった。

しかし一方で、帰宅に胸を弾ませている自分もいた。

家に帰れば、クロエがいる。そう思うと、抑えの効かない前向きな気持ちが湧いてくる。

仕事を早退してしまった自分が不甲斐ない、しかし一方で早く帰れることが嬉しい。

そんなふたつの気持ちがせめぎ合って、どっちつかずの思いだった。

自分の本心がどこへ行ってしまったのかわからない。

自我が朧げになったかのような違和感を拭うように、ロイドは再び深いため息をついた。

そうこう考えているうちに帰り着く。

「……ただいま」

「おかえりさない！」

玄関をくぐると、クロエがパタパタと出迎えてくれる。

きらきらと輝く表情はまるで母猫を見つけた子猫のよう。

「今日は随分と早いのですね」

「ああ、少し、な……」

ブーツを脱ぎ、廊下を歩く。先を歩くクロエの後ろ姿から視線が離せない。

「先ほど食材を買って帰ってきたばかりなので、夕食までしばらくお時間ください」

「ああ、問題ない……いつでも大丈夫、だ」

リビングに入った途端、クロエがくるりと振り向いた。

先ほどから返答の言葉がどこかおぼつかないロイドを見上げて、クロエが眉を顰める。

「何か、あったのですか？」

「む？」

「なんとなく、声に元気がないような……」

「…………」

心臓を掴まれたような心地になった。

普段負けない相手に負けて少しばかりしょげているとか。

仕事中にすっ転んで心配されて、早退させてもらって不甲斐ない気持ちになっているとか。

どれも打ち明けるには情けない内容で、ロイドは口を閉ざしてしまう。

心配気に瞳を揺らすクロエを、ロイドはじっと見つめる。

言葉を交わさずともこちらの内心を察してくれるクロエを見ているだけで、何故だか愛おしさが溢れてきて。

「……えっと、いかがなさい……ひゃっ」

不意に、ロイドはクロエの頭に手を伸ばした。

そして優しく撫でる。

柔らかさと温かさが掌の中で弾ける。

出会ってから幾度となくクロエを撫でてきたが、決して飽きることのない感触だ。

「ロイド、さん……？」

「なんとなくだ」

「なんとなく、ですか……」

本当に、そうとしか言いようのない行動だった。

何日も会っていなかったわけでもないのに、無性にクロエに触れたくなった。

理性を強固に保っている自分が、なぜそんな感情を抱いているのか。

考えても、わからない。

「なんとなくなら、仕方がないですね」

そう言ってクロエは一歩、ロイドの方へ歩み寄る。

そしてロイドの大きな手を受け入れたクロエは、気恥ずかしさと嬉しさを浮かべ、頬をへにゃりと緩ませた。

その仕草も、表情も、たまらなく愛おしい。

クロエの髪を撫でながら、自分の顔が思わず熱くなる感覚をロイドは覚えた。

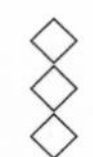

（ロイドさんの様子が、おかしい……）

夕食中、黙々と食事をするロイドを前にしてクロエは眉をひそめた。

（なんだか元気がないし、言葉少なだし……なんの前触れもなく頭を撫でてくる……のは、前にもあったような気がするけど……とにかく、いつものロイドさんじゃない……）

毎日一緒に暮らしていると、ロイドが纏う空気の些細な変化にも敏感になってくる。

（お仕事で、何かあったのかな……？　何かミスをして、フレディさんに叱られちゃったとか……）

普段、ロイドは決まった時間に帰宅する。

今日の早い帰宅から、仕事中に何かアクシデントがあったのではとクロエは予測した。

（それとも……）

もう一つ、ある可能性に行きついて、クロエはぎゅっと唇を噛み締める。

ある可能性――自分が原因で、ロイドは元気がないのではというネガティブな発想。

（……って、いけない、いけないっ）

ぶんぶんと、クロエは頭を振る。

すぐにマイナスの方向に考えてしまうのは自分の悪い癖だ。

何かあるとすぐに自分のせいだ、自分が悪いのだと自責思考に陥っていたが、そのほとんどは思い込みであると、ロイドと過ごすなかで学んできた。

（よしっ……）

頭を切り替えてから、クロエは口を開く。

「きょ、今日のローストビーフ、美味しくないですか？　シエルさんがサービスしてくれて、美味しそうなところを切り分けてくれたんですよ」

「ああ、そうだな……美味いな」

「付け合わせの人参も甘くて美味しいですよ！　シエルさんが仕入れてくる野菜はどれも新鮮ですよね」

「ああ……甘いな」

会話はそれっきりで、かちゃかちゃと食器の音だけがリビングに響く。

(……やっぱり、私のせい？)

ネガティブ思考云々とかではなく、この対応を見るにやはり自分に原因があるのではないかと思えてくる。

「あの、ロイドさん」

「なんだ？」

(私、何かしましたか……？)

その問いが喉まで迫り上がってきたが。

「いえ、なんでもありません……」

結局、言葉にせずに引っ込めた。

尋ねることができなかったのは、恐怖があったからだ。

(私は、ロイドさんに好きって伝えた……)

そしてロイド自身も、クロエにはっきりと『好き』と返した。

(私の想いは本物……)

ロイドのことが好きだし、これからもずっと一緒にいたいと思う。

でも、ロイドの方は？

(私を傷つけないために、気を使ってくれた可能性も……)

ロイドは優しい。

あの場で好きと伝えたクロエを気遣って、本心じゃないのに好きだと返した。

だとしたら、ロイドがクロエに取っている微妙な対応の説明も一応は筋が通る。

もしここで、ロイドに対して抱いている違和感を口にしてしまえば……。

(好きでもないのに、好きなフリをしているのが苦痛だった……とか言われたら私……)

考えるただけでも身が引き裂かれそうになる。

しかし一方で、ロイドはそんなことを言うような人じゃないという確信もあった。

——ロイドさんって、嫌いなものはありましたっけ？

——不義理と嘘（うそ）と理不尽が嫌いだ。

クロエがこの家に来たての頃、ロイドははっきりとそう口にした。

嘘を何よりも嫌うロイドが、気遣いとはいえ嘘を言うとは考えられない。

それは、クロエ自身一番よくわかっていた。

(私に、何か思うところがあるわけでもなさそう……さっきも、頭を撫でてくれたし……)

考えども、なぜロイドの様子がおかしいのか見当もつかなかった。

そんなクロエの思考は強制的に中断させられた。

「ロイドさん、その手っ……」

「む……」

ロイドの右掌に擦り傷ができているのに気づき、クロエが声を上げた。

ロイドがフォークを置き、手を広げる。

処置をしなかったのか、傷の部分が若干黒ずんでいた。

「気づかなかった、俺としたことが……」

先ほど、訓練場の控室で転んだ際にできた傷だろう。

「ちょっと待っててくださいっ」

立ち上がって、リビングを出ていくクロエ。

ほどなくして、クロエは救急箱を持ってきた。

「このくらいの傷、放っておいてもすぐ治る」

「駄目です。消毒してしっかり処置しないと、悪化してしまうかもしれません」

そう言ってクロエは救急箱の中から消毒薬と包帯を取り出す。

「心配、してくれるんだな」

「当たり前じゃないですか！」

思った以上に大きな声が出てしまって、クロエはハッとした。

ちらりと、ロイドの表情を窺う。

ロイドは嬉しいのか恥ずかしいのか、さまざまな感情の入り混じった顔をしていた。

むず痒さを誤魔化すように、クロエはロイドの手を取る。

（これが、ロイドさんの手……）

そういえば、まじまじと観察するのは初めてだった。

自分よりも大きく、若干色の濃い手。指の付け根は剣だこで石のように硬くなっていて、ロイドが普段いかに鍛錬しているかが窺える。

夏の虫が光に吸い寄せられるように、ロイドの掌をクロエはじっと見つめてしまう。

「クロエ？」

「あっ、ごめんなさいっ、つい……」

何が、つい、なんだろう。

おぼつかない感情のまま、消毒薬を垂らしたガーゼで傷口をとんとんと優しく拭う。

その上から包帯を巻いていった。

「これで、大丈夫だと思います」

「ありがとう」

傷自体の範囲はそこまで広くないため、処置はすぐに終わった。

終わったはずだったが、ロイドの掌を手に取ったまま、クロエは動かない。

（この手を、離したくない……）

そんな思いが、胸の中を渦巻いていた。

「クロエ、どうした？　大丈夫か？」

「あっ、また……ごめんなさいっ……」

ロイドに声をかけられて、クロエはようやく手を離した。

「いや……俺の方こそ、すまない……」

なぜ、自分は謝ったのか。

なぜ、ロイドは謝ったのか。

どちらの理由もわからないまま、ただただ微妙な空気だけがリビングに横たわっていた。

「何をしてるんだ、俺は……」

深夜。自室のベッドに座って、ロイドはぽつりと呟く。

胸の中で渦巻く処理しきれない感情。

それによって、自分の行動がおかしなことになっている。

精神の乱れ、突発的な体温の上昇、理性ではなく感情によって決定される行動。

その結果、クロエに対してもよそよそしい態度を取ってしまっている。

クロエ自身ロイドの異変を察知しているようで、彼女の表情にたびたび困惑が浮かんでいた。

「わかってはいる、わかってはいるんだが……」

そう、原因はわかっている。

クロエと両想いになって以降、ロイドは彼女との距離感を測りかねている。恋人という今までになかった新たな存在に、騎士としては百戦錬磨のロイドでも対応しきれなくなっているのだ。

「俺は、クロエのことを、こんなにも……」

もはや隠すことはできない。

顔は熱く、心臓がずっと鳴りっぱなしだ。

クロエが好き。

その気持ちはリリーの一件以降、日に日に大きくなっている。自覚して歯止めの効かなくなった激情は、もう遠慮はないとばかりにロイドの感情を支配していた。

（……いいのか？）

ふと、そんな自問が浮かぶ。


（血濡れた俺が、人を好きになっていいのか？）


——ロイドくんって、恋したことある？

自問した途端、女性の声が頭に響く。

——そっかー、ないかー。でもここにいるうちは、そのほうがいいかもね。

穏やかで、落ち着きのある声。

同時に蘇（よみがえ）る、懐かしい顔立ち。

顔の部分には靄（もや）がかかっていて、はっきりとは見えない。

その顔が突如として赤に塗り潰された。

思わずロイドは自分の正気を確かめるように、先ほどクロエに手当てしてもらった掌を見やった。

綺麗に包帯の巻かれた、自分の掌。瞬間、真っ白な包帯がドロリと赤黒く染まる。

「…………っ!!」

心臓を思い切り摑まれたような感覚。
甘く、錆びた臭いが鼻を突く。
顔に飛び散った生ぬるい感触。
まるで今この瞬間に起こったかのような生々しさ。
ぶわりと、背中からは冷たい汗が噴き出した。
「またっ、か……」
言葉を絞り出してから、いつの間にか浅くなった息をなんとか整える。
何度も深呼吸をして平静を取り戻してから、恐る恐る手に視線を落とす。
包帯は真っ白で、赤い部分は少しもない。
先ほど自分が目にした光景は、ただの幻。
頭ではわかってはいても、心には纏わりつくような気持ち悪さが残っていた。
「俺に、人を好きになる資格は……」
ないことはわかってる。わかっていても、この気持ちを否定することはできない。
二つの感情の狭間で、ロイドは葛藤していた。

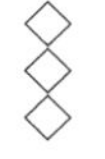

ローズ王国の辺境、シャダフ。

夜、アルデンヌ辺境伯の屋敷の一室。

「ふざけるな！　ふざけるな！　ふざけるなあああああ!!」

高価な陶磁器の花瓶は床に叩きつけられ、細かい破片とともに色とりどりの花々が乱れ散る。

クロエの母イザベラが、部屋の中で狂ったように暴れていた。

「なんで!!　私が!!　こんな目に遭わないといけないのよ!!」

イザベラの手から放たれた置物が窓ガラスを破り、けたたましい音が夜闇に響く。

貴族の住家として綺麗に整頓されていた部屋は原型を留めず、壁掛けの絵や家具もイザベラの怒りの炎に呑まれ破壊されていった。

屋敷の使用人たちはただ、部屋の外でイザベラが落ち着くのを怯(おび)えながら待つ他なかった。

これほどまでのイザベラの怒りの元は、床に落ちるたった一枚の羊皮紙であった。

羊皮紙は、王都からはるばる急行便でやってきたもの。

そこに書かれていたのは、長女リリーが王都で行った次女クロエへの監禁、暴行の概要、そしてその懲罰金についてだった。

またクロエからの聞き取りによって、家庭内でのクロエへの虐待が疑惑として浮上したため、その事実確認のために王都に出向くようにとも書かれていた。

「はぁ……はぁ……はぁ……」

一通り暴れて、体力が限界になったイザベラは滅茶苦茶になった部屋の中、椅子に力なく腰掛け項垂(うなだ)れた。

約三週間前。

リリーがギムル侯爵家の子息からパーティに招待され、イザベラは参加を快諾した。

辺鄙（へんぴ）な田舎で出会いのない中、王都でのパーティは婚約者探しにうってつけだ。

王都在住の高位貴族と懇意になれればアルデンヌ家にも大きな利益をもたらすと、イザベラは喜んでリリーを王都へと送り出した。

その結果が、これである。

「ほんっと……頭が痛い……」

色々な事実が一気に押し寄せて、整理ができない。

一番の驚きは、逃げ出したクロエが王都まで辿り着いていたことだ。

冬の険しい気候条件の中、シャダフをぐるりと囲む山を越え徒歩で王都まで移動したというのか。

クロエが逃げ出して以降、周辺を探し回っても見つからないはずである。

しかし驚いている場合ではなかった。

今回の王都からの手紙で最も重要視しなければならないのは、リリーがクロエに暴行を働いたところを、王都の公安に現場をおさえられたこと。

加えて、家庭内でのクロエへの虐待が疑惑として浮上していること。

辺境育ちで王都の常識に疎いリリーとて、さすがにこれがまずいことくらいはわかる。

懲役に服すことは避けられるかもしれないが、その代わりとして多額の懲罰金は免れないだろう。

しかも、今回の招集をかけられている人物は——当主ハリーではなく、イザベラ一人。

王都の司法機関は本件に深く関わっている人物をイザベラだと認識している上に、事態を重く見ているのだろう。

招集状には王都の最高法的機関である、司法院の署名がされている。

王城の司法機関直々の命令となると、出向かないわけにはいかない。

事実上の監査案件であった。

「なんで……なんでよ……なんでなのよ‼」

バンッと、イザベラはテーブルに拳を叩きつける。

イザベラはクロエを『呪われた子』だと本気で信じている。

クロエが呪われた子だから、領地に病が流行し、夫クレマンは死に、妹や次男も亡くなった。

全部、クロエのせいだと思い込んでいる。

そのため、今まで自分が行ってきたクロエへの暴行や罵倒に対し罪悪感など皆無だった。

ゆえに、今回の招集には納得ができない。

『私は悪くないのになぜ呼び出されないといけないのか』

心の底からイザベラはそう思っていた。

「リリーはきっと、クロエを家に連れ戻そうと頑張ってくれたんだわ、それなのに……」

冷静に考えると、今回の一件の主犯はリリーだ。

しかしイザベラはリリーを溺愛している。

本来リリーに向けられるべき感情は全て、クロエへと注がれる。

ギリリと、イザベラの歯から音が鳴る。

「呪われた子のくせに、私にこんな恥をかかせるなんて……」

もはや怨念にすら聞こえる声。

「絶対に、許さないわ……」

ギラリと光るイザベラの両眼は憎悪に満ちていた。

✦第二章 お互いの、胸の内

王都、商業地区。

アンティークな外観で、こじんまりとした本屋さんにて。

「今日もお買い上げありがとうございます、クロエさん」

王都に来て最初に熱中した本、『騎士と恋』の続刊を購入するクロエに、本屋の店主イアンがお礼を口にする。

「いえいえこちらこそ、いつもありがとうございます」

ぺこりと頭を下げて、紙に包まれた本を大事そうに抱えるクロエに、イアンは訝しげに尋ねる。

「気のせいだと良いのですが……クロエさん、今日、なんだか元気なかったりします？」

「えっ……？」

素っ頓狂な声が漏れる。

「わ、私、そんな顔していました？」

「ええ。本を選んでる時、しきりにため息をついていたので」

「ああっ、本当ですか……ごめんなさい……」

表情には図星を突かれてしまった焦りと、心配をさせてしまった申し訳なさが入り混じっていた。

「いえ、謝るようなことではないですが。その様子だと、何かあったようですね」

イアンは表情を真面目なものにして尋ねる。

「何が、あったのですか？」

「えっと……」

言うか言うまいか、クロエは逡巡を見せる。

「お客さんは今、クロエさんしかいません。なので良ければ、話してみてください」

イアンの気遣いに加えて、（イアンさんなら、何かわかるかもしれない……）という淡い期待の元、言葉を口にする。

「実は、ロイドさんに告白をしまして……」

「ほう、告白……こくはっ……!?」

いつもは涼やかで落ち着いているイアンらしからぬ声が店内に響く。

「イアンさん？」

「ああ、いえ、すみません……取り乱してしまいまして」

ごほんと誤魔化すように咳払いしてから尋ねる。

「告白……というと、あの告白ですよね？」

「は、はい……あの告白です……」

クロエの頬にほんのり赤みが差す。

「ロイドさんに、ですよね？」

「……はい」

リリーの一件の際、イアンはロイドと会っている。

だから、イアンは一瞬にして状況を理解できた。

「それで、結果の方は……？」

恐る恐る、しかしどこか諦めを含んだ声でイアンが尋ねると。

こくりと、クロエが頷(うなず)く。

頬だけでなく、顔全体が真っ赤になっていた。

「そう、ですか……」

イアンは力が抜けたように、へなへなと肩を落とした。

「……そりゃあ、そうですよね。わかってました」

クロエに聞こえない小さな声量で、イアンは早口で言う。

「クロエさん、とても魅力的な人ですし、ロイドさんもあんなにかっこよくて勇ましい方ですし、僕の入る余地は……」

「イアンさん？」

「ああ、失礼。少し心の整理をしていました」

「だ、大丈夫ですか？　イアンさんも、何かあったのですか？」

「僕の話はさておくとして、告白が成功したとなると、普通は幸せな日々が待ち受けていると思いますが……何か問題でも？」

イアンが尋ねると、クロエは言葉を続ける。

「私は、ロイドさんのことが好きです。ロイドさんも、私のことを好きと言ってくれました」

「……ぐはっ」

「イアンさんっ？」

胸を押さえるイアンにクロエは声を上げる。

「き、気にしないで、続けてください……」

「息も絶え絶えに見えますが、本当に大丈夫ですか？」

「ええ、本当に大丈夫ですので……」

「わかりました。仰る通り、お互いに両想いになって、それはとても幸せなことなんですけど……なぜか、お互いにぎこちなくなったといいますか……」

ここ数日の、ロイドとの微妙な空気感を思い出しながらクロエは答える。

「なぜかロイドさんとまともに接することができなくなったのです」

「まともに接することができなくなった、というのは？」

イアンの問いに、クロエは顔の赤をさらに深くして答える。

「一日中、ロイドさんのことが頭に浮かんで離れなくて、ロイドさんの顔を見るとドキドキして、手に触れようものならすぐに熱くなるし、頭を撫でられようものなら気絶しそうになってしまいます……それで、生活に支障が出始めているといいますか。ロイドさんのことを考え過ぎて夜寝られなくて寝坊したり、ロイドさんとまともに会話できなくなったり、すぐに混乱して自分じゃ普段取らないような行動をしてしまったり……とにかく、私が私じゃなくなっているといいますか……」

「なるほど」

ふむ……とイアンは考え込んだ後。

ちょっぴり寂しそうな顔をして言った。

「ようするに、クロエさんはロイドさんのことが大大大好きなのですね」

ばくんっと、クロエの心臓が大きく跳ねた。

他人からその事実を口にされると恥ずかしいものがあった。

「好きな人に好きと言って、相手もその想(おも)いを受け止めてくれて……きっと、好きという気持ちが溢(あふ)れて止まらなくなっていると思うんです。だから、いつもの自分でいられなくなる。好きだから、ドキドキしてしまうし、相手の顔をまともに見れないし、ふとしたことで身体(からだ)中が熱くなって、どうしようもなくなってしまう……」

「す、すごい……イアンさん、それこそ今の私です……心の中を読めるのですか？」

「読めませんよ。ただ……私も、好きな人には同じような感情を抱いたことがあるので」

優しげに目を細くしてイアンは言う。

「イアンさんも、素敵な恋をしたことがあるんですね」

「たった今終わりましたけどね」

「え？」

「なんでもありません。それで、クロエさんはどうしたいのですか？」

「えっと……とりあえず、今の私はロイドさんから見て変な子になってしまっていると思うので、とりあえず冷静さを取り戻したいです……」

「なるほど。それなら別に、特別なことは何もする必要はないと思いますよ」

イアンの言葉に、クロエは目をぱちくりさせる。

「何も、しなくていいのですか？」

「はい。あ、強いて言えば、ただその時間を楽しめばいいんじゃないですか？」

「楽しむ……」

呟くクロエに、イアンは続ける。

「そもそも好きという感情を手段や理屈でどうにかしようということ自体、とても難しいのですよ。おそらく、何をしても小細工にしかならなくて、結局は好きという大きな想いに流されてしまいます。それを解決するには……もうそういうものなんだと、私は人を好きになるとこうなってしまうんだと割り切って、幸せな時間を楽しめば良いじゃないですか。今は、好きという感情を抱いた結果、言動がおかしくなった自分を受け止められないから悩んでいるだけだと思いますよ」

イアンの言葉に、クロエは何度も何度も頷く。

「す、すごい！　イアンさん……物すごく腑に落ちました。さすがです……」

「本で得た知識の受け売りですけどね……それを実践したまでです」

「実践？」

「ああいえ、なんでもありません。役に立てたようなら何よりです」

どこか意味深な言葉を口にしながらも、イアンは微笑ましげな笑みを浮かべた。

「あともうひとつ、いいですか？」

「ええ、なんなりと」

「ロイドさんの気持ちがわからなくて怖い、という思いもありまして」

「ふむ……ロイドさんが自分のことを本当に好きかわからない、ということですか？」

「そ、そうですそうです！　やっぱりイアンさん、心を読めるんじゃ……」

「たくさん本を読んでいたら、ある程度はわかるようになりますよ。本には登場人物の悩みや葛藤、その理由がたくさん書かれているので」

イアンの言葉に、クロエは共感する。

まだ数は少ないが、確かに今まで本を読んできて、キャラクターの悩みや葛藤を目の当たりにしてきた。

本に描かれている登場人物は、現実世界の人間とも重なる部分が多々ある。

イアンはそれらから、クロエの抱える悩みを推測したのだろう。

読書がもたらす効能のひとつを実感したような気がするクロエであった。

「それはさておき、クロエさんがそうなっている原因に心当たりがあります。それも、本でよく見るキャラクターの悩みのトップに君臨するものですよ」

「えっ、なんでしょう？」

気になって食い気味に尋ねるクロエに、イアンは笑顔で言った。

「クロエさん、自分に自信がないんですよ」

グサッ。クロエの胸に、刺さってはいけない何かが刺さった。

「だ、大丈夫ですか、クロエさん？」

「大丈夫です……」

胸を押さえてヨタヨタと立ち上がるクロエはイアンに尋ねる。

「やっぱり、見ているとわかるものなんですか？」

「わかりますよ。人の話し方や行動には、その人の性格がもろに現れますからね。クロエさんの他人との接し方は、お世辞にも自分に自信のある人のそれではないと思っています」

「仰る通りですね……」

やはり、見る人が見ればわかるものなのだろう。

シャダフの実家で随分と長い間、『お前は呪われた子だ』と迫害されてきた。

罵倒されて、打たれて、お前は生きている価値のない人間だと否定をされてきた。

その結果、自分なんかが愛されるはずがないという気持ちが心の奥底に根付いてしまったのだろう。

「最近、少しずつマシになってきた気がするのですが、やはり根本の部分でまだまだ自信がないのはその通りだと思います……これこそ、時間が解決するのを待つしかないのでしょうか？」

「そうですねえ……」

んー、と再び顎に手を添えてから、何かに気づいたようにイアンは言う。

「そういえば、お互いにぎこちなく、とさっき言ってましたよね」

「は、はい。お互いの気持ちを伝えあってから、ロイドさんの様子も変と言いますか……」

よそよそしい、と表現するべきか。

距離感が摑みきれずにいると言うべきか。

ロイドの言動が明らかに変わったせいで、ロイドが好きだと言ってくれたことさえ信じられなくなってしまった。

ロイドの気持ちがわからない、その怖さもあった。

「なるほど……いっそ、全部ロイドさんとじっくりお話してはいかがですか？」

「お話……」

「はい。クロエさんが思っていることを、悩みを、全部ロイドさんに打ち明けたらいいんです」

「で、でも、大丈夫でしょうか？　今私が抱えている悩みを、ロイドさんに明かして……面倒臭いとか思われないでしょうか……」

「それは話してみないことにはわかりませんが、今のまま話さず胸の中に秘めておくほうが、お互いにモヤモヤしてしまうと思いますよ」

確信的な声色でイアンは言う。

「恋人なのですから、ある程度お互いの胸の内は共有しておいたほうが良いと思いますよ。黙って溜め込んで、我慢できなくなって爆発してしまった時の方が大変です。嬉しいことを話してお互いに喜ぶ、悩みは打ち明けて一緒に解決の道を探す……そうやって共に歩いていくのが、恋人というものじゃないんですかね」

落ち着いた声色で言うイアンのそばで、クロエは目をしばたかせていた。

イアンの言葉がするすると胸に入ってきて、お腹の中に落ちていく。

「って……ちょっと臭過ぎましたかね」

ぽりぽりと頰を搔いて恥ずかしそうにイアンは言う。

「あくまでこれは僕の一意見なので、話半分に聞いていただければと思いますよ」

「いえ……本当に、仰る通りで……ありがとうございました」

深々と、クロエは頭を下げた。

実際、自分ではどうしようもなくて困っていたところだったのだ。

イアンに相談してみて本当に良かったと、クロエは思った。

「打ち明けるのが不安という気持ちはわかりますが、ロイドさんなら受け止めてくれるんじゃないですかね。ロイドさんがクロエさんのことを好きなことは、私から見ても一目瞭然でしたし」

先日、リリーに攫われたクロエを探すロイドの、あの切羽詰まった表情をイアンは思い返していた。

あの顔を見れば、ロイドがいかにクロエのことを大事に思っているのかが嫌でもわかる。

「悩みを打ち明けたくらいでロイドさんは嫌な顔をしない、ましてや関係が壊れることはない。それは、クロエさんが一番わかってるんじゃないんですかね」

イアンの言葉で、クロエの拳に力が籠もる。

イアンの言う通り、ロイドはその程度で嫌な顔をするような人じゃない。

クロエは、以前ロイドに自分の生い立ちについて全て話した時のことを思い出す。

背中の痣のこと。その痣が原因で『呪われた子』だと蔑まれ虐げられてきたこと。

母親に殺されそうになって命からがら王都に逃れてきたこと。

普通なら重過ぎて受け止めきれないであろうクロエの過去を、ロイドは優しく包み込んでくれた。

全部全部、受け止めてくれた。困っている人を見過ごせない。

嘘と不義理と理不尽が嫌いな、誠実な人。

(ロイドさんのそういうところを、好きになったんだ……)

改めて、そう思う。

ここで打ち明けないのはロイドのことを信用していないのと同義。

それは、ロイドに対しても、自分に対しても失礼なことだとクロエは思った。

「僕、クロエさんのことが好きですよ」

「んえええっ!?」

突然のイアンの言葉に、飛び上がりそうになるくらい驚くクロエ。

「あれ、嫌でしたか?」

悪戯っ子のような笑みを浮かべてイアンは尋ねる。

「い、いえ……嫌ではないですが……突然のことでびっくりしたといいますか……」

わかりやすくおろおろして、視線をさまよわせるクロエ。

「優しくて、一生懸命で、頑張り屋さんで、笑顔が素敵なクロエさんのことを、僕は大好きですよ」

「あうっ……うう……」

イアンの怒濤の追撃に、クロエは居心地悪そうに小さくなっていく。

「その……とても嬉しいです……でも、ご、ごめんなさい！」

本気で申し訳なさそうな顔をして、クロエは頭を下げる。

「イアンさんのお気持ちは嬉しいのですが、受け取ることは……」

クロエにとって恋人ができるのは初めてだが、同時に告白を断ると言うのも初めてだった。

こんなふうに嬉しさと申し訳なさが同居した、なんとも言えない気持ちになるのかと、クロエは動揺していた。

「くすっ」

イアンが口に手を当てて笑う。

「……本当に、クロエさんは優しい人ですね」

クロエが頭を上げると、イアンはどこか清々しい笑みを浮かべていた。

「冗談ですよ、冗談。クロエさんのことはもちろん大好きですが……友達としてです」

「と、友達……」

イアンの言葉に気が抜けて、クロエはへなへなとなってしまう。

「あうっ……ごめんなさい、私ったら、とんだ勘違いを……」

「いえいえ、クロエさんが謝る必要はないです。誤解をさせるような表現をして申し訳ございません」

何も気にしていない感じでイアンは言う。

そのことに、クロエはほっと胸を撫で下ろした。

……気のせいだろうか。

イアンの表情に、ほんのちょっぴり寂しそうな気配が滲んでいるのは。

「でも、クロエさんが素敵な人だというのは本心ですよ。ロイドさんが好きになるのも深く頷けます。だから、自信を持ってください」

「あ、ありがとうございます……そう言っていただけると、嬉しいです……」

人から褒められることにまだ慣れない。

これも、イアンの言うところの自分に対する自信のなさだろうが、ここ最近は少しずつ受け入れることができている。

それだけでも、十分な成長だろう。

「改めて、ありがとうございました、イアンさん。なんだか、色々とスッキリしました」

「お役に立てたようなら、何よりです」

「長々とお付き合いいただいてすみません……本当に、イアンさんにもお世話になりっぱなしで……今度また、お礼をさせてください」

「そんな気を使わなくても大丈夫ですよ。僕も、クロエさんと話せて楽しかったですし」

「そういうわけにはいきません！　次に来た時、何か持ってきますね」

「あっ、それでしたら……」

ふと思い出して、イアンは口を開く。

「以前持ってきていただいたクッキー……あれ、とても美味しくて好みの味だったので、もしよかったら」

「クッキーですね！　わかりました、リュックから溢れるくらい作ってきますね」

「食べきれないので、両手に収まるくらいでお願いします」

イアンが返すと、クロエはふふっとおかしそうに笑う。

思わずイアンも笑みを溢(こぼ)した。

そんなやりとりを経て、クロエは店を後にする。

家に帰るクロエの心の中は、雨の後の青空のように晴れやかであった。

クロエが帰っていった後。

「わかってたけど、きついなあ……」

お店に一人になったイアンは、椅子に深く腰掛けてぽつりと言葉を漏らす。

背もたれに体重を預けて天井を仰ぐと、魂ごと溢れてしまいそうなため息が漏れた。

わかっていた。自分の中にあるクロエに対する想いが成就するわけがないと。

だってクロエには、ロイドという素敵な相手がいる。

はなから自分に入る隙などなかったのだ。

むしろ相手がロイドで良かったとイアンは思った。

ロイドと言葉を交わしたのはほんの一瞬だったが、それだけで、彼がクロエのことをどれだけ大切に思っているのかわかった。

ロイドならクロエを幸せにすることができるだろう。

その確信があった。

「とりあえず、言えて良かった、か……」

想いが成就しなかったのは残念だったが、不思議とイアンの心の中は晴れ晴れとしていた。

少し狡い方法だったが、はっきりとクロエの答えが聞けて良かった。

しばらくは引き摺るかもしれないが、それこそきっと時間が解決してくれる。

今まで家に籠もって本ばかり読んでいて人と関わることをしなかった。

誰かを好きになることなんて一生ないと思っていた。

しかし今回、自分の中にも『人を好きになる気持ち』が存在していることはわかった。

それを教えてくれたクロエに、感謝したいイアンであった。

「たまには、外をぶらついてみるのもいいかも……」

今日は早仕舞いにしよう、と思い立ってからの行動は早かった。

お店の閉店作業するべく、イアンは立ち上がった。

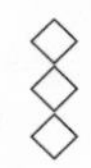

「…………」

ロイドの、家の方向へ進む足取りは今日も重かった。

表情はいつにも増してムッとしていて、他人を寄せ付けないオーラが滲み出てしまっている。

（昨日のように何もないところで転倒することはなかったが、やはり、精神の集中を欠いている……）

思い返すとため息が漏れてしまう。

気合を入れ直し、今日は意識的に集中して仕事にあたった。

そのおかげで、実践形式の訓練で敗北することはなかったものの、危ない場面は何度もあった。

以前に比べると、まだまだ集中力が戻っていないとロイドは確信している。

（駄目だな、このままでは……）

騎士としての矜持が高いロイドにとって、受け入れ難い現状だ。

第一騎士団のエースとして皆のお手本にならなければいけないのに、こんな腑抜けてどうすると、
自分に対する怒りが止まらない。

だが、どうすれば良いのかわからない。八方塞がりの状態であった。

「……ただいま」

「おかえりなさい！」

今日も今日とて帰宅するなり出迎えてくれたクロエ。

そのクロエがいつもと比べて違うことにロイドは気づいた。

「何か、良いことでもあったのか?」

「あっ……また私、顔に出ていましたか?」

ロイドに指摘されてクロエは照れ臭そうに両頬を押さえる。

「良いこと……はあったかもしれませんね、はい」

何があったんだとロイドが尋ねる前に、クロエが訝しげな顔をして言う。

「そう言うロイドさんは、悪いことがあった顔をしていますね」

どきりと、腹の底が締まるような感覚。

図星を突かれて、すぐに肯定したい気持ちになった。

その思考をすぐに振り払う。

(これは俺の問題だ……クロエに心配をかけるわけには……迷惑をかけるわけにはいかない……)

そう思って、ロイドは口を開く。

「いや、俺はいつも通り……」

「いつも通りじゃありませんよね」

クロエにしては珍しく、強い否定の言葉だった。

全てお見通しですよと言わんばかりの表情に、ロイドは言葉を呑み込んでしまう。

そんなロイドを見て、クロエは「やっぱり」と呟いた後、尋ねた。

「少し、外を歩きませんか？」

クロエの提案によって始まったお散歩。

もう陽は暮れているが夜はまだ浅く、人通りは多かった。

「この時間にお散歩をするのは初めてかもですねー」

ロイドと肩を並べて歩くクロエが弾んだ声で言う。

「……そうだな」

一方で小さく肯定するロイドの声は力なさげだ。

クロエがなぜこんな提案をしたのかはわからない。

でも、気を使わせてしまっているということだけはわかる。それが申し訳ない。

そんな顔を、ロイドはしていた。

「あ、ここは……」

人通りの多い道路のある場所に差し掛かって、クロエは足を止める。

頭の中で記憶が弾けた。

「クロエと、初めて出会った場所だな」

「ですね……」

自然と、口元が緩む。

「あれからもう、半年も経ったんですね……」

しみじみと、クロエは言う。

母にナイフを向けられて王都に逃げてきたのは、冷たい雨の降る冬の日だった。

寒くて、お腹も空いて、生きる希望もなくて。

暴漢に襲われて、もう何もかも嫌になった時に、ロイドが颯爽と助けてくれた。

一瞬にして暴漢たちを撃退したあの瞬間を、クロエは鮮明に思い返すことができる。

あの瞬間に、クロエはロイドに胸を撃ち抜かれていた。

（一目惚れ、だったんだろうな……）

くすりと、笑みを溢してからクロエは言う。

「さ、行きましょうか」

「今さらだが、どこか行く宛はあるのか？」

「散歩なので、特には？」

「それもそうか……」

頭を掻くロイドに、クロエはくすりと小さな笑みを漏らす。

「まだ時間もありますので、もう少し歩きましょう」

そう言うとクロエはロイドの手を引き、再び歩き出した。

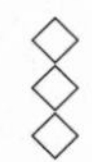

「ここの公園にも、たくさんお世話になりましたねえ」

夜も深くなってきた頃。

家の近くの公園のベンチに、クロエとロイドは座っている。

随分と歩いてきたはずだが、元々体力のあるクロエと騎士のロイドは疲れた様子も見せず涼しい顔をしていた。

「クロエ」

「はい」

「そろそろ、話してくれてもいいんじゃないか？」

ロイドに尋ねられて、クロエはこくりと頷く。

この散歩の意図はなんだったのかを、ロイドは聞きたがっている。

勢いよくクロエは立ち上がって、ロイドの目の前に立ってから言った。

「ロイドさん、今すぐ洗いざらい話して楽になっちゃいましょう！」

「…………む？」

クロエは威勢の良い声を上げるが、意図を理解できないでいるロイドは、不思議そうに眉を顰めた。

「あっ、ご、ごめんなさい。説明を省きすぎましたね……」

出だしの勢いは良かったものの、大事な部分を置き去りにしてしまった。

いそいそとロイドの隣に座り直して、改めて口を開く。

「その、なんと言いますか……ここ数日、お互いによそよそしいと言いますか、ちょっと変な感じになってるじゃないですか」

クロエの言葉に、ロイドは胸を摑まれたような顔をした。

「すまない……やはり、気を使わせていたか」

「ああ、そんな、誰が悪いとかそういう話ではないので、お気になさらないでください」

ぶんぶんと頭を振るクロエ。

「ただ、このままお互いにギクシャクしたままなのは、嫌だなって思って……せっかく恋人同士になったのに、微妙な感じになるなんて本末転倒じゃないですか」

クロエの本心から漏れ出した言葉を、ロイドは真剣な表情で聞き入っている。

「だから、私とロイドさん、それぞれ今思っていることを口に出してしまって、スッキリしようの会、というわけです」

「……なる、ほど」

クロエの意図を理解して、ロイドはゆっくりと頷く。

そして。

「くはは っ……」

突然、ロイドが吹き出した。

普段は表情があまり変わらないロイドのわかりやすい笑い声に、クロエは呆気(あっけ)にとられる。

「ええっ、そんな私、おかしなこと言いましたか？」

「いいや、すまない。おかしなことなどひとつも言ってない」

笑顔をたたえたまま、しかし愛おしそうにほんのり目を細めてロイドは言う。

「全く、クロエには敵わないな……」

「ご、ごめんなさい……驚かせてしまい……」

「いいや、クロエらしくていいと思う」

力強くロイドは頷く。

今まで思い詰めていたことが馬鹿らしい。

ロイドのそんな表情に、クロエの口角は少しだけ持ち上がる。

言い出しっぺということもあって、クロエから話を始めた。

「私、ロイドさんのことが大好きなんです」

「……っ」

クロエの言葉に、ロイドが息を詰まらせたような顔をする。

「ロイドさんのことが、大好きで大好きで堪らないんです。朝起きて、夜寝るまで、ずっとロイドさんのことを考えているんです。寝起きでぼんやりしているロイドさんは可愛らしくて好きです。私のごはんを毎日美味しそうに食べてくれるロイドさんも好きです。真面目な顔で本を読んでいるロイドさんも好きです。庭で黙々と剣の素振りをしている時のロイドさんはキリッとかっこよくて好きです。今まで何度も私を助けてくれた、強いロイドさんももちろん大好きです。暴漢に襲われた時も、ルークさんとの戦いの時も、姉に攫われた時も、ロイドさんは私を助けてくれて本当に嬉しかったです。ロイドさんが剣を振るっている姿を見ると心臓がドキドキしちゃいます。私がしたほんの些細なことでも褒めてくれるロイドさんが好きです。何もやりたいことのなかった私にしたいことをすればいいと見守ってくれたロイドさんが好きです。私の過去も人間性も含めて全部包み込んでくれたロイドさんが好きです。たまに頭を撫でてくれるロイドさんが好きです。あの大きな手で撫でられると胸がきゅっとなるんです。これからもたくさん撫でてほしいです。不意にぎゅーってしてくれるロイドさんが好きです。ロイドさんの身体は温かくていい匂いがして大好きなんです。これからもたくさんぎゅってしてほしいです。真面目で、誠実で、努力家で、困った人を見過ごせなくて、いつもは表情が変わらないのに時たま見せる笑顔が可愛くて、気づけばいつもロイドさんのことを考えているんです。昨日私が寝坊したのは、ロイドさんのことを考えていて夜遅くまで寝られなかったからなんです。ロイドさんが仕事に行っている時は、早く帰ってこないかなーとそわそわしているんです。だから昨日、早く帰ってきてくれてとっても嬉しかったです。すみません、言葉があっちこっちに行って纏まらなくて申し訳ないのですが、とにかくロイドさんのことが好きで好きで堪らなくなって、頭がいっぱいになって、それで私が私じゃなくなってしまっていました。告白する前は気持ちを押し込めていたのですが、両想いってわかってからもう抑えが効かなくなってしまって、それでここ最近ロイドさんからすると妙によそよそしい態度をとってしまっていたんです本当にごめんな……ロイドさん？」

クロエが言葉を切ったのは、ロイドが両手で顔を覆って下を向いていたからだ。

「だ、大丈夫ですか？　どこかお身体の具合が悪いとか……」

「いや、違う……違うんだ……」

ハッとするクロエ。

手を離したロイドの顔が、見事な赤色に染まっていた。

ロイドは心を落ち着かせるように何度も何度も深呼吸をしてから言う。

「恥ずかしさと嬉しさで死んでしまいそうだ」

「ええっ、し、死なないでください！」

「冗談だ。騎士は簡単には死なない」

ロイドが言うと、クロエは心底安堵したように息をつく。

「ようするに……ここ最近、クロエの様子がおかしかったのは、俺のことが好き過ぎたから、と？」

こくりと、クロエも頷く。

たった今自分が言葉にしたロイドに対する愛を思い出して、クロエの頬はロイドと同じ色になっていた。

「なるほど……よく、わかった」

全てが腑に落ちたような表情をするロイド。

じきに安心したように息をつく。

事実を噛み締めて羞恥が湧いてきたのか、再びロイドは自分の顔を両手で覆った。

「ロイドさんも……何か、抱えていますよね？」

尋ねられて、ゆっくりとロイドは顔をクロエに向ける。

「私と同じように、ロイドさんも何かわだかまりを抱えて……ここ最近、変な気がします」

「……やはり、わかるか」

「ずっと一緒に住んでいますし、大好きな人なので」

お見通しと言わんばかりの笑顔を浮かべるクロエ。

ロイドは、しばらく言いづらそうにしていた。

何かと葛藤しているように視線をさまよわせ、やがて腹を括ったのか口を開く。

「俺も、クロエと同じだ」

「え？」

目をぱちくりするクロエの顔をまっすぐ見て、ロイドは言う。

「俺も、クロエのことが大好きだ」

「……あう」

はっきりと言われて息が詰まりそうになるクロエに構わず、ロイドも心の中に渦巻いていた言葉を口にする。

「クロエのことが、好きで好きで堪らない。朝起きて、夜寝るまで、ずっとクロエのことを考えている。毎朝俺よりも早く起きて朝食を準備してくれているクロエが好きだ。毎日いってらっしゃいと仕事に送り出してくれるクロエが好きだ。おかえりなさいと出迎えてくれるクロエが好きだ。どんな飯もたちまち美味しく作ってくれるクロエが好きだ。本を読んでいて話しかけた時、リアクションが大袈裟なクロエが好きだ。一緒に散歩をしている時、ほんの些細なことに反応するクロエが好きだ。刺繍を施している時の真面目なクロエが好きだ。俺の過去も面白みのない人間性も全て受け入れてくれたクロエが好きだ。頭を撫でると気持ちよさそうに目を細めるクロエが好きだ。抱きしめた時に安心したように身体を預けてくれるクロエが好きだ。優しくて、気遣いに溢れていて、困っている人を見捨てられなくて、頑張り屋で、笑顔が可愛いクロエが好きだ。気付けばずっとクロエのことを考えている。昨日早く帰ってきたのは、仕事中にクロエのことを考え過ぎて、普段絶対に負けないような相手に一本取られてしまったり、つまずいてこけたりして、周りに心配されたからなんだ。今まで剣一筋だったが、仕事中も早くクロエに会いたいと思うようになった。だから昨日、正直、早く帰宅できてクロエと会えて嬉しかった。騎士として本当に情けない限りなんだがな。すまない。俺も言葉が散らかっていてうまく言いたいことを伝えられないのだが、とにかくクロエのことが好きで好きで好きなんだ。こんな気持ち生まれて初めてで自分でも混乱していた。俺も両想いとわかってから抑えが効かなくなってしまってそんな自分に戸惑っていた。それもあってクロエに対してよそよそしい態度をとってしまっていた本当にすま……クロエ？」

ロイドが言葉を切ったのは、クロエが先ほどの自分と同じように顔を両手で覆って下を向いていたからだ。

「大丈夫か？」

「恥ずかしさと嬉しさで死んでしまいそうです」

顔を両手で覆ってぷるぷると震えるクロエ。

「死なれては困るな」

「だ、大丈夫です！　まだロイドさんとしたいことがたくさんあるのに、死ぬわけにはいきません」

顔からバッと手を離し意気込んだ後、クロエは尋ねる。

「ようするに、ここ最近、ロイドさんの様子がおかしかったのも、私のことが好き過ぎて、と……？」

「あ、ああ……」

「つまり、お互いが同じ理由で、よそよそしくなっていたと……」

「おそらく、そういうことになる」

顔を朱に染め頭を掻き、ロイドはたどたどしく言う。

しばし無言の後、お互いが吹き出すのは同時だった。

「あははっ……ははは っ……」

「ふふ……ふふふ……」

お腹を押さえて、クロエは笑う。

口元を押さえて、ロイドは控えめに笑う。

話す前は深刻かと思われた悩みだったが、蓋を開けてみればなんのことはなかった。

ずっと漂っていた糸を張ったような緊張が一気に解けてしまって、二人はもう笑うしかなかった。

ひとしきり笑い合った後。

「私たち、本当に似たもの同士ですね」

目尻に浮かんだ涙を拭いながらクロエは言う。

「だからこそ、好きになったのかもしれんな」

口角を持ち上げたまま、ロイドが返す。

「ありがとう、クロエ」

「いえいえこちらこそ……まあ、これからもこういうふうに、お互いに言いたいことがあったら抱え込まず、話していきましょう。何せ、私たちは……」

溢れそうな笑顔を浮かべて。

「恋人、なんですから」

「……ああ、そうだな」

クロエの言葉に、ロイドは深く頷いた。

……その瞬間、ロイドが「うっ……」と呻き声を漏らし、こめかみに手を添える。

「ロイドさん？」

クロエも異変に気づく。

「だ、大丈夫ですか？　頭が痛いのですか……？」

急に苦悶の表情を浮かべたロイドに、クロエは心配気に声をかける。

「……大丈夫だ」

心配するなと言わんばかりに、ロイドはクロエに手のひらを向ける。

それから何度かゆっくり深呼吸した後、ロイドは平静を取り戻した。

一体何が起こったのかわからず瞳に戸惑いを浮かべるクロエに、ロイドは呟く。

「すまない、心配をかけた」

「い、いいえ、お気になさらず……でも……」

考え込む素振りを見せた後、クロエは尋ねる。

「ロイドさんが抱えているもの……先ほど語ったものだけじゃ、ないですよね？」

ぴくりと、ロイドの肩が動く。

「お姉様との一件の後、帰りがけにロイドさんは言っていました。ロイドさんは過去に何かあって……それが原因で、私に想いを伝えられなかったって」

思い返す。

――ずっと前から、自分の気持ちには気づいていた。ただ、怖かっただけだ。俺は、人に好かれるような人間じゃない、人を好きになる資格はない……そんな思い込みが、ずっと心の奥底にあって……言い出せなかった……。

あの時口にしたロイドの言葉にはたとえようのない後悔と、悲愴感が漂っていた。

「以前、私が聞かされたロイドさんの生い立ちも相当なものでしたが……まだ、私に明かしていない過去はたくさんあって、それで、ロイドさんは苦しんでいるんじゃないかって……さすがに想像のしすぎですかね……？」

「いや……おおよそ当たっている、当たっているが……」

目を逸らし、ロイドは言葉を漏らす。

「……その話は、もう少しだけ待ってほしい」

普段のロイドからは想像のできない、弱々しい声。

瞳に焦燥を浮かべて、ロイドは言う。

「俺の中でも、まだ整理がついていなくてな。いつか話せる時が来たら話すから、その時まで待っていてほしい。本当に、申し訳ない」

「何を謝ることがあるのですか。気にする必要なんて、ひとつもないですよ」

前向きな声で言うクロエに、ロイドは目を瞬かせる。

「気にならないのか？」

「確かに気にはなりますし、できることなら一緒に解決したいという気持ちはありますが……でも、人には話したくない過去のひとつやふたつあります。私も、そうでした」

懐かしむように目を細めてクロエは続ける。

「でもロイドさんは……私の背中の痣のことや、出自について、ずっと聞かずにいてくれました。明かさざるを得ない状況になるまで、ロイドさんはずっと待ってくれてたんです。だから待ちますよ、私は。いつまでも。別に一生明かさなくても大丈夫です。ただ……」

慈愛に溢れた笑顔をロイドに向けて、クロエは言う。

「ロイドさんにどんな過去があっても、私はロイドさんの味方です。それだけは忘れないでください」

「ひゃっ……!?」

途中でクロエが短い悲鳴を上げたのは、突然、大きな身体が包み込んできたからだ。

「ロロロ、ロイドさん……!?」

ロイドの温もり、吐息。頭がくらくらしそうになる匂い。

それらにくるまれる安心感。

「……すまない、少し、こうさせてくれ」

突然の抱擁に驚くクロエの耳元でロイドがどこか弱々しさを感じさせる声で囁く。

それで、クロエはハッとした。

気づく。ロイドの身体から、時折、小さな震えが伝わってくるのを。

(震えている……?)

自然と、クロエは両腕をロイドの背中に回した。

迷子になってやっと母親を見つけた子供を抱きしめるように。

「……君には、救われてばかりだ」

寄り掛かるような声。

「本当に、ありがとう」

心の奥深くから漏れ出た言葉が、クロエの胸をじんと温かくする。

弱音なんて滅多に見せないロイドが自分を頼ってくれている、甘えてくれている。

その事実に、言い表しようのない嬉しさが全身を満たした。

「……いえいえ、どういたしまして」

ぽんぽんと、クロエはあやすようにロイドの背中を叩く。

そうすると、心なしかロイドの身体の強張り(こわば)がほぐれたような気がした。

「救われているのは、私もですよ」

クロエが付け加えると、ロイドの腕にも力が籠もる。

耳をすませば鼓動の音すら聞こえてきそうな時間を、二人は過ごした。

それからしばらく二人は体温を共有していたが、やがて冷静になり、クロエが口を開く。

「そ、そろそろ、帰りますか」

「う、うむ……腹も減ったからな」

いつも夕食を摂る時間はとっくに過ぎていた。

「私も、お腹ぺこぺこです。ちなみに、今夜の夕食のメインはサーモンの包み焼きですよ」

「魚料理か。楽しみだ」

二人は立ち上がる。

お互いに了解を得ることなく、自然な動作で手を繋ぐ。

思えば手を重ね合うのは、リリーの一件の帰り以来だった。

久しぶりに重ねたロイドの掌は大きくて、硬くて。

（やっぱり……大好きだなあ……）

とクロエは思った。手を繋いだまま帰路につく二人。

その足取りは、行きに比べて軽やかなものだった。

お互いの胸の内を明かし合った翌日は、雲ひとつない快晴。

まるでクロエの気分を表しているかのようだった。

「おはようございます、ロイドさん」

「……おはよう」

ぼんやりとした顔でリビングにやってきたロイドを、クロエの元気な声が迎える。

すでに台所には朝食が出来上がっており、あとはテーブルに出すだけとなっていた。

「今日はしっかり起きられたんだな」

「そ、そう何度も寝坊助(ねぼすけ)さんはしませんよー」

からかうように言うロイドに、クロエは「もー」と頬を膨らませる。

昨晩はよく眠れた。

胸の中のわだかまりが解消されたおかげで、ぐっすりと深い眠りにつくことができたのだ。

席に着くロイドの目の前に朝食が並べられる。

サラダにスープ、目玉焼きやベーコン。

トーストにはマーガリンとジャムが塗ってある。

栄養のバランスに優れた、今日一日頑張れそうな朝食であった。

「むっ……このジャム、美味しいな」

「そうですよね！　シエルさんのお店で買ったさくらんぼのジャムなんです」

「さくらんぼとは珍しいな。いちごやオレンジのジャムとはまた違った風味があって面白い」

「いちごよりも甘味があって美味しいですよね！」

「目玉焼きと合わせて食べると最高だ」

「そ、その組み合わせはどうなんですか？」

「黄身のコクが美味い」

「いや、もうそれ卵が好きってことじゃないですかっ」

二人のやりとりに昨日までのよそよそしさは感じられない。

恋人になる以前の、お互いに気兼ねなく接することができていた時間が戻っている。

二人とも空気の変化を実感しているようだった。

朝食を済ませてから、ロイドは仕事の準備をして玄関へ向かう。

「今日も、いつもの時間に帰る」

「わかりました。訓練中に転んだりしないよう、気をつけてくださいね」

「もう、大丈夫だ」

冗談めかして言うクロエに、ロイドは自信ありげに頷く。

昨日まで、仕事中もクロエのことが頭にちらついて集中できなかった。

だが、今日は平常に戻っているという確信があった。

クロエが自分のことをどれだけ好いてくれているのかわかったおかげで、安心感を覚えたのかもしれない。

不意に、クロエの頭をロイドが撫でた。

「……これも、なんとなくですか？」

なんの脈絡もなかったのでクロエは首を傾げて尋ねる。

「撫でられるのが好き、と言っていたからな」

「はい、大好きです」

にっこりと笑ってクロエは頷く。

その笑顔を見て、ロイドは愛おしげに目を細めるのであった。

「あんまり撫でていると、遅刻してしまいますよ」

「ああ、確かに」

微かに焦りを含んだ声を漏らすロイドに、クロエはくすりと笑う。

「では、いってくる」

「いってらっしゃいませ」

クロエは満面の笑顔でロイドを見送った。

✦第三章　もっと縮まる距離……………

「うおおおおおおおおおおおおおおぉぉぉぉぉぉぉ！！！！」

王城の訓練場。

ダズが雄叫（おたけ）びを上げながら、ロイドに向かって木剣を振り被る。

その剣筋を見切ったロイドは落ち着いて身体（からだ）を横にずらし回避。

「ちいっ……!!」

二撃目、三撃目と続けざまに斬撃を放つダズ。

しかしロイドは涼しい顔をして全てを躱（かわ）し、剣で受け止め、流した。

まるでダズの動きを全て予測しているかのような動きに、観客席で見守る同僚たちの口から「すげえ……」と言葉が漏れ出る。

木剣を使った模擬訓練とはいえ、第一騎士団に所属する一流の騎士たちの気迫は計り知れない。

前回の戦いではダズはロイドに対して一矢報いて勝利している。

しかしこれまで、数えきれないほどロイドに敗北してきたダズとしては、一回の勝利などまぐれも同然。だからなんとしてでも、二回目の勝利を摑みたいところだった。

しかし。

「くっ……当たらねえ……!!」

ダズの焦り声が漏れる。

先ほどからロイドにあらゆる攻撃を仕掛けるも、一向に一撃すら加えることができない。

放つ攻撃の全てを危なげなく回避され、時間が経つごとに焦りも増してくる。

一方ロイドもダズの攻撃を躱しながら思考を走らせる。

(一昨日とは、別人のようだ……)

視界が冴え渡っていて、ダズの剣筋、目線、身体の動き、全てが見える。

次の動きもなんとなく予測できた。

精神の乱れは微塵も感じられない。

ただただ冷静に、この戦いにおける最適解の動きを取り続けていた。

「もう、いいだろう」

ロイドのその言葉が、反撃の合図だった。

大振りの攻撃で開いてしまったダズの懐に潜り込むロイド。

「なっ……はやっ……!?」

ロイドの動きはダズの反応速度を凌駕した。

目にも留まらぬスピードはまさにこのこと。

一瞬の隙をついて足元を掬われたダズが盛大に転倒する。

「ぐっ……う……」

地面に仰向けに倒れたダズ。すぐさま起き上がろうとするも、もう遅い。

ダズの首元に、ロイドは剣を突きつけた。

「勝負あったな」

今の一瞬の間で、何が起こったのかわからない。

そんな顔をするダズに、審判の無慈悲な声が降りかかる。

「勝者、ロイド！」

うおおおっと、観戦していた同僚たちから歓声が上がる。

一昨日の敗北からの華麗なる逆転劇に皆、興奮を隠せないようだった。

「マジかあ……」

悔しさを滲ませ、大の字で寝転ぶダズに同僚たちが駆け寄る。

「いやー、今回は完敗だな、ダズ！」

「やっぱロイドつえーわ！　最後の動きなんて全く見えなかったぞ！」

同僚たちが口々に感想を言い合う中。

「ロイド様！　お見事な戦いでした！　冷たいタオルを……」

「攻撃が当たらない焦りと体力の枯渇で攻撃が大振りになっていた。だから隙が生まれやすくなっていた」

今日も元気に小間使いに勤しむルークをスルーして、先ほどの戦いの振り返りを口にするロイド。

「こっちの攻撃がひとつも当たらないんじゃ、お手上げだな。完敗だよ、ロイド」

どこか清々しい表情で、ダズは差し伸べられた手を取る。

「ありがとよ」

「どうってことない。しかし……」

ぎらんと、ロイドの瞳が光る。

いやーな予感を覚え後ずさるダズにロイドは無慈悲な言葉を口にした。

「やはりダズは体力が課題だな。毎日王城の周りを百周することを、お前のトレーニングメニューに加えるとしよう」

「そ、そりゃないぜロイドォ⁉」

ダズの情けない声が訓練場に響いた。

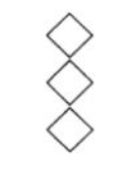

「……美味い」

昼休憩。クロエが持たせてくれた弁当にロイドは舌鼓を打つ。

(やはり、明らかに調子が良くなっているな)

先ほどのダズとの一戦を思い返して、実感した。

ここ最近の精神の乱れがすっかり元に戻っている。

昨晩、クロエと腹を割って話せたことによって、心の中の迷いが消えたのだろうとロイドは推測した。

「動きが戻ったな、ロイド」

フレディが肩にもたれかかってきて、弾んだ声で言った。

「副団長、重いです」

「おお、悪い悪い。まあなんにせよ、ロイドが調子を戻してくれたようでよかったよ。やっぱり、第一騎士団のエースといえばロイドだからな」

「おかげ様で」

「俺のおかげでもなんでもねーだろ」

肩を大袈裟にすくめてロイドは言う。

「想像するに……クロエちゃんと喧嘩していて精神が乱れていたけど、仲直りして乱れが直った！こんなところだろ」

「いや、だから喧嘩をしていたわけでは……」

「クロエちゃんが原因だったことには、かわりないんだろう？」

フレディがふふんと得意げに笑い、ロイドは言葉を飲み込む。

「……クロエは、悪くありません。全ては、自分の精神力の未熟さが原因です」

蓋を開けてみれば、なんてことのない理由だった。

それこそ、口にするのも憚(はばか)られるような。

「わかったぞ。クロエちゃんと恋人になって浮かれてた、それでずっとクロエちゃんのことが頭に浮かんでて集中できなかった、という感じか」

照り焼きチキンを吹き出すかと思った。

口元を拭いながらロイドはフレディに非難めいた目を向ける。

「くははっ、やっぱりか！」

ロイドの反応を見て、フレディは腹を抱えて笑う。

「仕方がない、誰もが通る道だ！　俺もサラと恋人になった当初はそれはもうすごかったぞ。サラのことが好き過ぎて、離れたくなくて出勤を拒否したからな。最終的には、サラにサボるんじゃない！　って怒られて渋々行くことにしたんだが、やっぱり……」

フレディの惚気を、ロイドは右から左に聞き流す。

しかし一方で、副団長にも同じことがあったのかと軽いシンパシーを抱いた。

その後、惚気話からどう繋がったのかはわからないが。

「それで、いつ結婚するんだ？」

「ケッコン？」

ロイドは首を傾げる。

「なに初めて聞きました、みたいな顔をしてるんだ。結婚だよ、結婚！　お前ら、付き合っているんだろう？　ならば次のステップは結婚だろうて」

自分とはあまりにも縁のない言葉に、ロイドは理解するのにしばしの時を要した。

「まだ付き合って間もないのですが、そんなに早い段階から考えるものなのですか、結婚って……」

「結婚するんですかロイド様⁉」

びゅんっと、どこからかやってきたルークが食い気味で尋ねる。

その声が大きかったのか、昼食をとっていた他の同僚たちが一斉に振り向いた。

「おいおい聞こえたか？　ロイドが結婚するって……」

「うっそまじか！　一番結婚しなさそうなやつだと思ってたのに……」

「相手はクロエちゃんだろうな」

「それはまあ、そうだろう……」

ヒソヒソと声が聞こえてきて、ロイドはため息をつく。

「でも勿体なくないですか？　ロイド様ほど魅力的なお方なら、もっとたくさん遊んでからでも」

「お前と一緒にするんじゃない」

「いやお前、どう見てもロイドは遊びに向いてるような性格じゃねーだろ」

フレディが言うと、ルークは合点のいったようにぽんっと手を打った。

「言われてみればそうですね！　ロイド様の遊び相手は剣ですし……」

「ルーク、お前も王城百周を毎日やるか？」

「ああっ、申し訳ございませんロイド様決して深い意味はないのです他意はないのですお願いですから王城百周だけはご勘弁を……」

ロイドに泣きつくルークを見ながら、フレディはやれやれといった調子で言葉を口にする。

「まあそんなに急ぐことでもないいか。二人はまだ始まったばかりなんだし。恋人同士になったからこそわかることもあるだろうし……といっても、お前ら二人は元から一緒に暮らしているし、あまり生活は変わってない気がするがな」

フレディの言葉に、ロイドは小さく頷いた。フレディの言う通り、付き合ったからといって劇的に何かが変わったかと言われるとそんなこともない。

心の距離が縮まった実感はあるが、やっていることは付き合う前と同じだ。

「とはいえ……」

一転、真面目な顔をしてフレディは言う。

「クロエちゃんとの将来についてはしっかり考えてやれよ？　あんな良い子で、ロイドみたいな変人に尽くしてくれる子は他にいないんだからさ」

フレディの言葉は、ロイドがクロエと一生を添い遂げることを信じて疑わない、といった確信が含まれているように感じた。

「それは……わかっています」

重々承知していることだった。

ロイドとて、自分が普通とはかなりズレた人間であるという自覚がある。

そんな自分を好きだと言ってくれるクロエも相当な変わり者だろう。

しかしフレディの言う通り、クロエが良い子であることは変わりない。

自分にとって勿体ないくらいに、である。

クロエ以外の異性と一緒にいる自分の姿なんて想像もできない。

もはや共に過ごす日々が当たり前になっていて、クロエなしの生活が考えられなかった。

「それならいい」

そう言って、フレディはぽんぽんとロイドの肩を叩く。

頑張れよ、と言われているような気がした。

「結婚式には、俺もちゃんと呼べよ？」

「いずれ、式を挙げる時がくれば、その時は……」

「僕も呼んでくださいね！」

「…………」

「ちょっとロイド様⁉　なんでそこ黙るんですか⁉　ロイド様ー‼」

ルークの叫びを聞き流しながら、考える。

（結婚、か……）

あまりにも実感が湧かない。

だが、クロエとの関係を続けるなら、いずれはしっかり考えなきゃいけないこと。

それだけはわかるロイドであった。

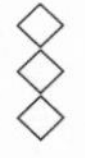

家事を済ませた後、クロエは商業地区のシエルのお店に食材を買いにやってきた。

「クロエちゃん、今日はなんだか機嫌良さげさね！」

食材を選んでいる途中、元気いっぱいのシエルに声をかけられる。

「そ、そう見えますか？」

「見えるさね！　いつもより表情が明るいし、上機嫌な鼻唄も漏れていたさね！」

「鼻唄⁉　やだ、私ったら……」

完全な無意識だった。

両頬を押さえて恥ずかしがるクロエを、シエルは微笑ましいものを見るように眺めている。

「やっぱり私って、わかりやすいんですね……」

「今さら過ぎさね。すぐに表情に出るから、こっちとしては接しやすくて助かっているよ」

腰に手を当て笑うシエル。

これまで無自覚だったが、実は、感情が顔や声色や身体に出放題なのだと最近気づき始めた。

クールで何事にも動じないロイドに憧れるのは、自分がその正反対だから、という理由もあるだろう。

「それで、何があったんさね？　おばさんに幸せのお裾分けをしてちょうだいな！」

「幸せのお裾分け、というほどでもありませんが……」

昨晩、クロエはロイドと面と向かって話し合った。

お互いに思っていることを明かしたおかげで、今朝から距離が一層縮まったような気がしている。

それが嬉しくてニマニマしていたのだろうが、正直、それをどう説明したものかが迷いどころだった。

考え込むクロエを見て、シエルは「ほほう、なるほど」と顎に手を添えて言った。

「こりゃあ、ロイドさんと甘いイベントがあったに違いないさね」

「あ、甘いイベント？」

尋ねると、シエルはビシッと人差し指をクロエに向けて言い放った。

「つまり、キスのひとつやふたつくらい済ませたと予想するさね！」

「キキキキス⁉」

思わず上擦った声が飛び出した。

ぐるぐると頭の中にイメージが溢れ出す。

キス、接吻、口付け。

好き合う者同士がお互いの気持ちを確かめ合うために行うコミュニケーション。

そういえば以前、イアンの書店で購入して読んだ『騎士と恋』には、それはもう燃え上がるようなキスシーンがあった。

夜にそのシーンを読んでしまって頭が茹で上がってしまい、朝方まで寝られなかったのはまた別のお話である。

「ししししてませんよ！　キスはしてません！」

「あら、そうなのかい？」

顔を真っ赤にして否定するクロエに、シエルは意外そうに言う。

「確かロイドさんとクロエちゃんは一緒に住んでいるのだろう？　歳の若い男女が同じ屋根の下で暮らしていて、キスのひとつもしないわけないさね」

「えっ……そうなんですか？　普通は、するものなのですか？」

きょとんとするクロエを見て、シエルは唖然とする。

「クロエちゃん、純朴だとは思っていたけど、まさかこれほどとは思っていなかったさね」

「えっと……シエルさん？」

「なんでもない、さっき言ったことは忘れてほしいさね。熟れ切った中年おばさんの戯言でしかないさ」

「よ、よくわかりませんがわかりました？」

「それで、どんな嬉しいことがあったさね？」

「えっと……説明が難しいのですが、ロイドさんと恋人になってから、なんとなくギクシャクしていた空気が昨日、二人でちゃんとお話ししたら解消されて嬉しかったと言いますか……うう、やっぱりちょっとふわっとしていますね」

「へえ、恋人……って、二人は付き合っていたさね⁉」

シエルは、興味津々の様子で尋ねる。

「あ、はい……ロイドさんとはお付き合いをさせていただいています」

他人にロイドとの関係を明かすのはなんだかむず痒く、クロエはもじもじしてしまう。

「ちなみに、いつから……？」

「この前、姉との一件でロイドさんに助けられた後、帰りがけに告白しました」

「ああっ……攫われていたところを王子様のように助けてもらい、その後に結ばれるという流れ……」

くらりと、シエルがまるで眩しいものを目の前にしたかのような反応をする。

「まるで物語のような流れさね、って……」

目をくわっとかっ開き、身を乗り出してシエルは声を張った。

「だったら！　なんで！　キス！　しなさんね！」

「シシシシエルさん……⁉」

他の買い物に来ていたお客さんが「なんだなんだ？」とこちらに視線を投げかける。

「ごめんごめん、つい取り乱してしまったさね」

「いえ、大丈夫ですが……その、キスはそもそも頭になかったといいますか、今のままでも十分幸せといいますか……」

これまでも頭を撫でてくれたり、ハグをしてくれたり。それだけでクロエは十分満足で、それ以上を自分から望むなんておこがましいという考えがあった。

同時にクロエが、そもそも普通の恋人同士が何をするのか、わかっていないというのもあるかもしれない。

クロエの言葉に、シエルは「はぅあ……」と、気の抜けたような声を漏らす。

「うう……クロエちゃんには、その純粋さをいつまでも持っておいてほしいさね」

「純粋、なのでしょうか……？」

「何はともあれ、ロイドさんも奥手そうだったし、シエルちゃんは言わずもがなだし……こりゃあ、関係が進むのは牛の歩みさね」

「な、なんだか申し訳ございません……」

「謝る必要はないさね。人にはそれぞれ自分たちのペースというものがある。急ぐ必要もないし、のんびり二人のペースで進んでいくといいさね」

そう言って、シエルは微笑ましげな笑みを浮かべて頷く。

「何はともあれ、おめでとう、クロエちゃん」

「は、はい！　ありがとうございます」

ぺこりとクロエは頭を下げた。

紆余曲折ありつつも、ロイドと心を通わせることができた。

それを他の人に祝福してもらうのは、身にじんわりと染みるような嬉しさがあった。

「そういえば話は変わるけど、クロエちゃん、刺繍の展示会とか興味あったりしないかい？」

「刺繍の展示会？」

聞き馴染（なじ）みのない言葉に、クロエは首を傾げる。

「そう！　王城のあたりにあるホールで開催される展示会さね。なんでも、国内外から刺繍に自信のある職人たちが、自分の作品を披露するために集まっているから、レベルの高くてユニークな刺繍がたくさん見れると思うさね」

「わあっ……それは、もう聞くだけでワクワクするような催しですね！　さすが都会……」

「クロエちゃんも刺繍が好きだろう？　だから、きっと楽しめると思うさね」

シエルの提案に、クロエは胸の高鳴りを感じた。

クロエが王都に来てから見つけた趣味のひとつに、刺繍がある。

正確にはシャダフの実家にいた頃から刺繍を刺していたのだが、それは姉リリーの無理な注文に応えていたに過ぎない。

どれだけ他の家事が詰まっていようが、手先のかじかむ寒い冬の日だろうが、姉が示した無茶な期日に間に合わせるため、毎晩遅くまでチクチクやっていた。

王都に来てからしばらく刺繍からは離れていたが、ひょんなことがきっかけでシエルから依頼され、再びクロエは刺繍をするようになった。

クロエの刺繍をシエルはたいそう気に入っていて、ゆくゆくは裁縫関係の仕事を斡旋したいとまで言ってくれている。

「それで、どうさね？　っと……その様子じゃ、答えはもう決まってると思うけど……」

「はい！　ぜひ見にいきたいです！」

「そうこなくっちゃ！　それじゃ……」

シエルはごそごそと、懐から紙幣ほどの大きさの紙を二枚取り出した。

「これが入場に必要な券さね。場所や日時はこれに書いてあるから、確認するさね」

「ありがとうございます！　えっと、お代は……」

「いいさねいいさね！　私のところに回ってきた招待枠の余りだから！」

「えええ⁉　こんな素敵なものをタダでいただくわけには……」

「タダで受け取れるものは受け取っておくといいさね！　私はクロエちゃんからお金をもらいたいんじゃない。ただクロエちゃんに喜んでもらいたいって気持ちでこの券を渡しているんだから」

「ううう、ではありがたく頂きます。ありがとうございます……」

そこで、クロエはふと気づく。

「あれ、二枚ですか？」

「当たり前さね。ロイドさんと一緒に行くといいさね」

「ロロロロロイドさんと⁉」

クロエが驚くと、シエルはうんうんと頷きながら言う。

「一人で行くよりも、恋人と一緒に行った方が楽しいだろう？　というわけで、はい」

こうして、シエルはクロエに入場券を手渡した。

もはや受け取りを拒否するような空気ではなく、おずおずとクロエは入場券を手に収める。

「お、お気遣いいただき、ありがとうございます」

シエルから受け取った入場券を、クロエは大事にリュックにしまった。

「ただ、ロイドさんのお休みは結構不定期なので、もしかすると行けないかもしれません……」

「その時はその時さね！　似たような展示会はちょくちょく開催されているから、都合が合わなかったらまた行けば良い話さね」

「何から何までありがとうございます」

控えめな笑みを溢すクロエを、シエルは我が子を見つめるような目をして言う。

「いいってことさね。クロエちゃんは店の大事なお得意さん、また困ったことがあったらなんでも頼ってちょうだいな」

なんの気負いも感じさせない笑顔を浮かべるシエルに、クロエは頭の上がらない気持ちになった。

(本当に、シエルさんには良くしてもらいっぱなしだわ……)

王都に来てからと言うもの、毎日の買い物はほぼシエルのお店にお世話になっている。

加えてリリーの一件といい、刺繍の件といい、シエルにはたくさん恩返ししないといけないと、クロエは思った。

それから本来の目的である夕食の買い出しもしてから、クロエは帰路につく。

家へ向かっている途中、ふとクロエは思い出して呟いた。

「シャーリー、元気かな……」

クロエが刺繍を刺し始めたのは、十歳まで侍女として屋敷にいてくれたシャーリーの影響だった。

シャーリーに教わってクロエも刺繍を刺すようになったのだ。

シャーリーが施す刺繍はどれも精巧で、幼心ながらに魔法のようだと思っていた。

思い返すと、クロエはシャーリーから色々なことを学んだ。

字の読み書きや一通りの家事など、クロエが生きていく上で必要なことを教えてくれた。

王都のことを教えてくれたのもシャーリーだった。

王都出身のシャーリーが書いてくれた地図のおかげで、クロエは王都に辿り着くことができた。

呪われた子として虐げられてきたクロエには、ベテランの侍女ではなく新人のシャーリーが充てがわれていた。シャーリー自身、王都出身であることと、新人ということでシャダフの空気に染まっていなかったことで偏見を持たず、クロエのことを大事に大事に育ててくれた。

周りに敵しかいなかった幼少期のクロエだったが、シャーリーだけが唯一の味方で、そんな彼女の存在にどれだけ救われたのか言葉に表すことは難しい。

「会いたいな……」

そんな気持ちがあったが、この広い王都の中で探し出せるものでもない。

「道を歩いてたら、ふと再会して……なんて」

そんな物語のような偶然があるわけがない。

自嘲めいた笑みを漏らした後、気を取り直してクロエは家へと急ぐのであった。

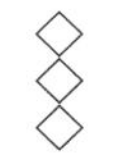

シエルのお店で食材を購入した帰り道。
「お猿のおねーちゃーん！」
公園に差し掛かった時、溌剌（はつらつ）とした声が耳に入ってきた。
五歳くらいの女の子が弾けんばかりの笑顔を浮かべクロエの方へ駆けてきている。

「こんにちは、ミリアちゃん」

「久しぶりー！」

くりくりっとしたブルーの瞳。初めて会った時は背中くらいまでだったブロンドヘアは今や腰まで届きそうな勢い。今日も今日とてフリルつきの可愛らしい洋服を着ていて、大事に育てられたお嬢さんといった様子だ。

「ほらオセロ！　挨拶、挨拶！」

ミリアが言うと、足下からにゃーんと鳴き声。聞くだけで思わず頬が緩んでしまう。

「オセロちゃんー！　ふわあ、久しぶりだねえ、元気してた？」

黒と白のハチワレ猫、オセロがひょこりと姿を現した。

クロエが膝を折る前に、ごろんとお腹を見せてくるオセロ。

「ふふっ……やっぱり可愛いねえ……」

ゴロゴロと喉を鳴らすオセロのお腹を優しく撫でる。

毛並みは柔らかく、温かい。

もふもふな感触に、クロエの頬がだらしなく緩む。

「んんんっ……にゃあ……ふにゃあ……かわいいが過ぎるにゃあー……」

「あはは！　お猿のおねーちゃん、また変な顔してるー」

「か、可愛いからっ、仕方ないのっ」

もはや語彙がごく僅かになってしまっていた。

もふもふを前にすると、人はたちまちのうちに無防備になってしまう。

それはもはや抗いようのない事実であった。

「うんうん、仕方ないわよね」

「はっ……」

ミリアのものではない大人びた声に気づき、恐る恐る顔を上げる。

「こ、こんにちは、サラさん……また、おたくの猫ちゃんを堪能させていただいております」

「うんうん、存分に撫でくりまわすといいわ。私としても、クロエちゃんの面白い顔をもっとたくさん見たいもの」

「そう言われると撫でにくくなるじゃないですかっ」

思わずクロエがツッコミを入れると、ミリアの母サラはくすりとおかしそうに笑う。

うにゃあと、どうして撫で撫でをやめたのと言わんばかりにオセロは抗議の声を上げた。

「ああっ、ごめんね、ごめんね」

撫で撫でを再開するクロエを見て、サラは微笑ましげな笑みを浮かべた。

思い返すとオセロこそがミリアやサラとの出会いのきっかけだった。

木の上で降りられなくなっていた子猫をクロエが助けて、サラ親子と仲良くなった。

助けた子猫はサラの家に引き取られ、オセロと名付けられた。

まだ数ヵ月しか経っていないが、随分と懐かしい出来事のように思える。

ちなみに、ミリアがクロエにつけた〝お猿のおねーさん〟という称号は今でも健在である。

「気のせいかもしれませんが、前見た時よりもオセロちゃん、おっきくなりました？」

「気のせいじゃなくて実際に大きくなってるわ。オセロの食欲は止まることを知らなくて、あっという間に子猫から成猫よ」

「やっぱり！　子猫だった頃の小さなオセロちゃんも可愛らしかったですが、大きくなってもふもふが増えたオセロちゃんも可愛いですねえ……」

おそらく、サラの家で食べるのに困らない幸せな日々を送っているのだろう。

木の上で震え痩せ細っていたオセロを知っているクロエとしては、優しい家族に拾われて本当に良かったと思うばかりである。

「それよりもクロエちゃん、大丈夫？」

「え？」

「主人から聞いたわ。クロエちゃん、色々大変だったんでしょう？」

サラの言葉で、オセロを撫でるクロエの手がぴたりと止まる。

同時に、察した。

サラの夫は、ロイドの上司であるフレディだ。そしてフレディは、クロエがリリーに攫われた際、ホテルに踏み込んできて現場を押さえた張本人だ。

その概要を、サラはフレディから聞いたのだろう。

オセロが空気を読んだように立ち上がり、ミリアの方へてくてくと歩いていく。

「わっ、オセロちゃん、今度は私と遊びたいのかー！　この気まぐれ屋さんめっ！　ここまでおいで！」

そう言ってミリアとオセロは離れていった。

クロエは立ち上がって、サラに向き直る。

「ご心配をおかけしてごめんなさい。ちょっとピンチではありましたが、この通り、大丈夫です」

「そう、ならよかった……」

サラは安堵したように息をつく。

「フレディさんには感謝しかありません、ありがとうございました」

「主人がしたことなんて、大したことないわ。それよりも、ロイドさんが大活躍だったみたいじゃない」

「そ、そうですね……ロイドさん、物すごい動きをしていました……」

思い返すと、確かにあの時のロイドは凄まじかった。

リリーとその護衛たちに対して一歩も引かず、クロエを取り戻すべく強気の姿勢を貫いた。

結果的に暴走したリリーによってロイドは戦いを強いられることとなったが、一対八という圧倒的な戦力差にもかかわらず、あっという間に護衛たちを制圧。

あの時のロイドの剣捌きは目が離せなくなるほど美しく、改めて彼が第一騎士団のエースであることを実感させられ……。

――俺はクロエの婚約者だ。

「クロエちゃん、どうしたの？　急に顔を真っ赤にして……」

「いいいいえ！　なんでもありませんっ‼」

ぶんぶんっとクロエは頭を振った。

それから深呼吸して、速くなった鼓動を落ち着かせる。

（あれはロイドさんがあの場を切り抜けるために使ったブラフ……特に深い意味はないわ……）

言い聞かせるも、あのセリフはクロエの心の深いところに刻まれてしまっている。

それに加えて、あの後すぐに想いを伝え合ったので今は恋人同士だ。

後々にはブラフではなく、本当の言葉になるのではないかという淡い期待が……。

（って、何を考えているのよ……）

ぶんぶんぶんっと再び頭を振るクロエに、サラは不思議そうに首を傾げていたが。

「とにかく、クロエちゃんが無事で良かったわ」

ぎゅっと、サラはクロエの両手を握る。

その手つきは、今ここにクロエがいることを確かめているかのよう。

「主人から話を聞いた時、心臓が止まるかと思った。クロエちゃんは大事なお友達だから、辛い思いも痛い思いもしてほしくなかった」

「ご、ご心配をおかけしてごめんなさい……」

「ううん、謝る必要はないわ。こうしてまたお話しすることができたんだもの、それだけで十分よ」

しみじみと言うサラの言葉にクロエの胸が熱くなる。

実家ではずっとひとりぼっちだったが、こうして友達と言ってくれる人がいる。

その事実だけで、胸が喜びで溢れた。

改めて、あの日シャダフに連れ戻されなくて良かった。

王都に残ることができて良かったと思うクロエであった。

「そういえば……」

しんみりした空気から一転、両眼をきらっと光らせたサラが言う。

「クロエちゃん、ロイドさんとお付き合いを始めたんですって？」

「そ、それもフレディさんから聞いた感じ……ですよね」

ニコニコ顔のサラを見ると言わずもがなであった。

「それで、ロイドさんとはどう？　付き合ってから何か変わった？」

「どう、と言われましても、普通だと思いますよ？　もともと一緒に住んでいるのもありますが、前とそんなに変わっていない気がします」

「ええーっ⁉」

信じられないとばかりに口を押さえるサラ。

「その、スキンシップとかしないの？　ほら、恋人同士になったら甘いイチャイチャとかするじゃない？」

人差し指をピンと立ててサラは言う。

「いちゃいちゃ……かどうかはわかりませんが、頭を撫でてくれたり、抱きしめてくれたりは……していますね」

言葉にすると気恥ずかしくて声が小さくなってしまう。

「ただ、それもお付き合いする前からしていたので、やっぱり特段変わったことはない気がしますね」

「それはそれで距離感がおかしいような気がするけど……なんだか恋人と言うよりも夫婦みたいね」

なんだか期待していたものとは違うといった顔をするサラ。そんなサラは周りを見回して、ミリアがオセロと向こうで追いかけっこをしているのを確認してから言った。

「二人とも若いんだから、もっとこう……夜は燃え上がってます！　みたいなことになっていると思っていたわ！」

「ももも燃え上がって……!?」

「あら、『騎士と恋』を読んでいるクロエちゃんが、この言葉の意味をわからないわけないわよね？」

意地悪そうな笑みを浮かべてサラが問いかける。

こくりと、クロエはぎこちなく頷いた。

恋人同士の男女が夜に燃え上がることといえば、心当たりはひとつしかない。

そのスキンシップについても『騎士と恋』にそれはもう情熱的に描写されており、夜中に読んでしまったクロエはまたまた朝まで寝られなくなってしまった。

恋愛経験なんて王都に来るまで皆無で、初めて好きになった人がロイドであるクロエにとっては、件（くだん）のスキンシップは頭が茹で上がって卒倒しそうになるほど刺激が強いものだった。

「ううう っ……シエルさんといいサラさんといい、出てくる言葉が強力過ぎます……」

「本当にウブねえ、クロエちゃんは」

まるで希少な生き物を見るような目をしてサラは言う。

「なんだか懐かしいわ。私なんて、主人があんな感じだから、付き合った時はそれはもう……」

両頬に手を当てて懐かしそうにするサラ。

（こ、これが上級者の恋愛っ……）

フレディはありとあらゆる女遊びに長けていそうな美丈夫で、サラも物凄い美人さんだ。

二人とも、若い頃はそれはもう情熱的な恋をしていたのだろうと、クロエは別世界を見るような気分になった。

「で、ないの？　ロイドさんと」

「ありません！　そもそもロイドさんとは別々に寝ていますし、そういう雰囲気になることはないといいますか……」

「ええっ!?　別々に寝てるの!?」

またまた信じられないとばかりに口に手を当てて驚愕するサラ。

「は、はい……寝る時は、お部屋は別ですね」

もともとクロエは、ロイドの家に居候のような感じで転がり込んだ経緯がある。

家政婦になってロイドの家に住むようになってからも、男女ということもあってベッドは別々であった。

恋人になってからも、そもそもお互いに一緒に寝るという発想がなく、引き続き二人は寝床を別々にしている。

「恋人同士なんだから、一緒に寝ないと！」

何を当然のことをとばかりにサラが声を上げる。

「いいいい一緒に……!?」

一方のクロエは上擦った声が飛び出してしまった。

（ロイドさんと一緒に……ロイドさんと一緒に……？）

頭の中にぼんやりとした想像が映し出される。

夜、自室のベッドに寝転がって隣を見ると、ロイドがいる。

寝巻き姿で、静かに寝息を立てるロイドの姿を想像するだけで、なんだか身体が熱く……。

「クロエちゃん、おーい、大丈夫ー？」

「はっ、ごめんなさいっ、ついぼんやりしていました」

「そっかそっかー、ロイドさんと一緒に寝ている想像をしてドキドキしていたのね」

「こ、心を読まないでくださいっ！」

「やっぱりー、クロエちゃんのおませさんめ」

「いやっ、別に、一緒に寝ている状況を想像しただけで、それ以上は何もないですからっ」

サラの猛撃についていくのがやっとのクロエである。

出会った当初、サラは物静かで落ち着いた人だと思っていたが、最近はその認識を改めつつある。

思い返せば『騎士と恋』の話が出てきたあたりからサラのテンションはこんな調子だ。

おそらくこちらがサラの素なのだろう。

（でもよくよく考えると、フレディさんみたいな方と結婚するんだから、サラさんもそこそこ変わってる人よね……）

「クロエちゃん、今何かとても失礼なことを考えてない？」

「イイエ、ソンナソンナ……それよりも、恋人同士って普通は一緒に寝るものなのですかね？」

「普通はそうじゃないかしら？　少なくとも私は、住むようになってから今まで主人とずっと一緒に寝ているわ」

「す、すごく仲睦まじいっ……」

「一緒に寝るのはいいわよ〜。隣に愛する人がいる思うと幸せとか、安心感とかあって……そのうち自然とキスしたり、ハグしたりとかして、良い感じの雰囲気になったらそのまま熱い夜を……」

「わかりました、わかりましたから！　一旦、熱い夜から離れてください！」

うっとりした様子のサラにクロエは突っ込みを入れるのであった。

「でも、一緒に寝ることで嬉しい効果があるのも事実よ。主人が仕事で帰れなくて、一緒に寝れない日に比べると、深く眠れて朝はお肌の調子が良いし、頭もスッキリしているの」

「へええ……そんな効果が……」

ふむふむとクロエは頷く。

「私も一緒に寝てるー！」

いつの間にかやってきたミリアが、はいはいはーいっと手を上げて快活に言う。
「そうそう、ミリアが生まれてからは三人で寝てるもんねー」
サラが膝を折って、ミリアの頭を優しく撫でる。
(ロイドさんと一緒に……か……)
想像するだけでも恥ずかしいし、頭からぷしゅーと湯気が出そうになる。
しかし同時に、「してみたい」と思う自分もいた。
夜、ひとつのベッドに二人で寝転んで、穏やかな時間を過ごす。
自然な流れで指先と指先を触れ合わせ、お互いの距離がゼロになる。
ロイドの腕に包まれ、頭を撫でられながら安心した心地で眠りにつく。
想像すると、思わず口元がにやけてしまった。
「やっぱりクロエちゃん、おませさん?」
「……違う、とは言えないかもしれません」
もっとロイドとの関係を進めたい。
もっとロイドとの距離と縮めたい。
もっとロイドと色々なことを……。
自分の中にこんな感情があったなんてと、困惑してしまうクロエであった。

その日の夜。

「クロエ、お湯が噴き出しているが、大丈夫か？」

「んえっ⁉」

ロイドの声がけにハッとすると、目の前で鍋からお湯が噴き出ていた。

「わわわっ……」

慌てて火を弱めるクロエに、ロイドが尋ねる。

「手が足りていないなら、手伝おうか？」

「いえいえ大丈夫です！　少し、ぼんやりしていただけなので……」

「そうか」

特に深くは追及せず、ロイドはソファに戻って読書に戻る。

（しっかりしないと、私！）

ぺちぺちと頬を叩いて、クロエは夕食作りに集中し直す。

その後は無事、夕食の時間となった。

テーブルに並べられた、クロエお手製の料理たちを前にして、ロイドが目を瞬(しばた)かせる。

「なんだか、今日は品数が多いな」

平たい大皿には大きなローストビーフが鎮座している。

大皿の周りにはガーリックチキンのソテーやジャガイモのグラタン、彩り鮮やかなサラダ、クリーミーなスープは満杯に注がれている。

熱々の魚の煮込み料理が入った鍋は、湯気を立てている。どれも美味しそうな匂いを漂わせていた。

「少し分量を間違えてしまい、作り過ぎてしまいました」

「分量のミスでひとつの料理のボリュームが多くなるのはわかるが、品数が増えるのだな」

「ご、ごめんなさい……品数の分量を間違えましたね……」

「ああいや、謝るようなことではない。多い分には問題はない。今日も美味そうだ」

そんな会話をしつつ、二人は食卓に着く。

「む、このローストビーフ美味しいな。外側はしっかりと焼けていて、中は柔らかくてジューシーだ」

「そうですね、美味しいですね……」

「このマッシュルームのクリームスープも美味しい。なめらかで、マッシュルームの風味が豊かに広がっている」

「そうですね、濃厚ですよね……」

すっかり平常に戻ったロイドが感想を口にするも、クロエは言葉少なに返している。

一昨日とは立場が完全に逆転していた。

そんなクロエの様子を見て、ロイドが違和感を覚えないわけがなかった。

何か別のことに気を取られているように、もそもそと食事を続けるクロエを見てロイドは訝(いぶか)しげに眉を細めた。

夕食後、ソファでぼんやりしているクロエの隣に腰掛けて、ロイドが尋ねる。

「クロエ、昨日の今日で何があったんだ？」

「んええっ⁉　何がでしょう？」

「いや、明らかに何かあったようなリアクションをしているが」

さすがに何もないというのは無理があるだろうとばかりにロイドは言う。

「気のせいではないと思うが、帰ってからも、夕食の間も、ずっとクロエは様子がおかしい。体調が悪い……ふうには見えないが、どこかそわそわしているように見える」

そわそわ、と聞いてクロエはドキリとする。

そんなクロエの顔をじっと覗き込むようにしてロイドは言う。

「何かあったのなら、話してほしい。俺が力になれるかはわからないが……聞くだけならできる」

いつもと変わらぬ表情で言うロイドに、クロエはごくりと生唾を飲む。

言うか、言うまいか、逡巡した。

だって、あまりにも、しょうもない理由だから。

しかし……。

（言いたいことがあるなら口にするって、昨日話したばかりじゃない……）

ここで押し込むのは良くない。ぎゅっと、クロエは拳を握る。

「えっとですね、あのですね、その……」

キュッと唇を結んで、両手に抱えきれないほどの覚悟を灯して、クロエは言い放った。

「今日から一緒に、寝ませんか……⁉」

ピタリと、ロイドの全ての動作が止まった。

まるで、ロイドだけ時間が止まったかのよう。

さほど間を置かず、ロイドは返答を口にした。

「………別に、いいんじゃないか？」

「良いの、ですか？」

あっさりと了承されたことに、クロエは目を瞬かせる。

「ああ、問題ないと思う。その……恋人同士なんだし」

頭を掻きながらロイドは言った。

へなへなと、クロエは椅子から崩れ落ちそうになったが、すぐにピンと背筋を伸ばして。

「あの……それでは、えっと……よろしくお願いします」

「あ、ああ、こちらこそ……よろしく頼む」

どこか気まずい空気ながらも、クロエとロイドはベッドを共にする運びになったのだった。

（意外と、言ってみるものね……）

ロイドの部屋のベッドの上。

寝巻き姿のクロエが自分の枕を抱きしめながらそんなことを思う。

いよいよ、就寝の時間だ。

ロイドの部屋のベッドの方が大きいということで、先に準備を済ませたクロエは待機していた。

（というか、こんなにドギマギしていたのは私だけ……うう……やっぱり大人だなあ、ロイドさんは……）

まだまだ子供っぽい自分にため息をついたその時、就寝の準備を済ませたロイドが部屋に入ってきた。

「すまない、待たせた」

「いえいえ！　とんでもないです！」

ぴんっと背筋を伸ばし、ベッドの上で正座をするクロエ。

寝巻き姿のロイドが目に入ってなんだか新鮮な心地になった。

「どうした？」

「な、なんでもないです……」

そう言ってクロエは深々と頭を下げた。

「それでは改めて、本日はどうぞよろしくお願いいたしますっ」

「そんな畏(かしこ)まるようなことでもないと思うぞ」

今から仰々しい儀式でも始まるのかといった様子のクロエに、ロイドは苦笑を漏らした。

ひとつのベッドを二人で使うので、クロエは右側に身体を横たえた。

普段、自分が使っているベッドとは違うクッションの弾力、シーツの肌触り、そして。

(ロイドさんの、匂い……)

それが一番、クロエの胸をドキドキと高鳴らせていた。

「……明かり、落とすぞ」

「お、お願いします……」

ロイドの手によって明かりが消え、部屋は暗闇に包まれる。

それからロイドはクロエの横に身を滑り込ませた。

布団をクロエに被せ、ゆっくりと横になる。

「ありがとうございます」

「ああ」

そのやりとりを最後に、しばし無言の間が訪れる。

肩と肩が触れ合う距離にロイドの気配。

自分以外の吐息、時々、衣擦れの音が聞こえてくる。

(ね、眠れない……)

一緒に寝始めたのはいいものの、やはり緊張が解けなかった。

身体はカチンコチンに固まっていて、心臓もうるさいくらいに高鳴っている。

世の中の恋人たちはこの、一緒に寝ると緊張して眠れない問題をどう解決しているのかと心底不思議に思った。

「クロエ」

「はっ、はい」

「大丈夫か、狭くはないか？」

「私の身体は小さいので、十分快適ですよ。むしろ、ロイドさんの方が窮屈じゃないか心配です」

「俺はベッドに寝られるだけで十分だから問題ない。もし寝心地が悪いと感じたら遠慮なく言ってくれ。俺は床で寝ることにするから」

「もうそれはお互いに別のベッドを使ったらいいのでは？」

「む、それはそうか……」

ふふっと、クロエは笑みを漏らした。

ロイドの抜けた発言で、クロエの身体から少しだけ力が抜ける。

「ロイドさんは、すごいですね」

「何がだ？」

「私はこんなに緊張しているというのに、ロイドさんはいつも通りで、余裕もあって……」

「そう思うか？」

「えっ？」

ごそごそと、大きな衣擦れの音。

直感的に、ロイドがこちらを向いたのだとクロエは察した。

「正直、俺も緊張はしている」

どくんっと、ひときわ大きく心臓が跳ねる。

反射的にクロエはロイドの方を向いた。

暗闇に慣れてきた視界の中、カーテンの隙間から差し込む月明かりだけが、ロイドの顔立ちをぼんやりと照らしている。

「不思議な感覚だ。言葉にするのは難しいが……少なくとも俺は、クロエと一緒に寝ることができて、良かったと思っている」

「そ、それなら良かったです、本当に……その、わがままを言って、ごめんなさい……」

「とんでもない」

そっと、ロイドの手が布団越しにクロエの身体に触れる。

「むしろ、クロエの方から提案をしてくれて、嬉しいと思っている」

その言葉の意図をクロエは察する。

以前まで、クロエは自我の乏しい人間だった。

実家では、周りからあれをしろこれをしろと命令されるばかりで、自分の意思を口にすることなんて許されなかった。

その結果、自分のやりたいことはなんなのか、自分は何が好きで、何をしたいと思うのかといった主張がなく、いざ自由の時間を与えられると途方に暮れたものだ。

しかし、それももう昔の話。

「ロイドさんのおかげで、少しだけわがままになれました」

「良い傾向だ」

その後、しばし間を置いて。

「……俺もひとつ、わがままを、いいか?」

「えっ、あ、はい、なんなりと……」

肯定した途端。

ぐいっと、強引に身体を引き寄せられた。

ただでさえ近かった距離がゼロになって、顔にロイドの寝巻きが触れた。

ロイドの体温が身体中を包み込む。

ぶわりと、鼻の奥がロイドの匂いに満たされてクラクラした。

「ロ、ロイドさんっ……?」

「苦しくないか?」

「だ、大丈夫ですが……」

「嫌だったら、言ってくれ」

どこか余裕なさげなロイドの声。

息遣いも浅くなっている。

それからロイドはクロエの髪を撫でた。

心なしか、いつもよりもぎこちない手つきだった。

「いいえ……」

ぎゅっと、クロエはロイドの胸にさらに身体を近づける。

「嫌じゃ、ないです……」

会話はそれっきりだった。

規則正しい呼吸が二つ。

とく、とくと、自分のものではない心音が聞こえてくる。

まるでこの部屋だけが世界から切り離されたかのような感覚。

普段なら恥ずかしくて心臓が破裂してしまうような状況なのに、不思議と落ち着いていた。

大好きな人に抱きしめられ、頭を撫でられて、幸せが身体中に満ちていく。

ロイドの胸に抱かれて、クロエは意識を手放していくのであった。

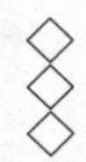

「……寝たか」
腕の中で、すうすうと気持ちの良さそうな寝息を立て始めたクロエを確認して、ロイドは自然と口元を綻ばせる。
クロエの背中に回していた腕を少しだけ緩めて、視線を下に落とす。

ぼんやりと月明かりに照らされたクロエの寝顔は可愛らしく、触れたら壊れてしまいそうな繊細さを纏(まと)っていた。

――どくんっと、心臓が大きな音を立てる。

自分にだけ見せる、クロエの無防備であどけない顔を見ていると、身体の内側から燃えるような欲求が膨らんできて……。

「……っ、いかん、いかん」

ぎゅっと目を瞑(つむ)り、ロイドはゆっくりと首を振る。

頭の中を剣の素振りのイメージでいっぱいにすることで、身体の芯から湧き出てきた熱い欲求を無理やり抑え込んだ。

心に平穏が戻ってきてから、ロイドはそっと息を吐く。

「これは、なかなかの忍耐が必要だな……」

ロイドの言葉は、クロエと一緒に寝ることによって理性が乱されていることを表していた。

普段のロイドの様子からすると、性的な欲求というものがまるでないように見える。

しかし成人男性であるロイドにはそれなりに欲というものは存在するし、恋人同士になった男女がベッドでどのようなスキンシップをするのかという知識も（主にフレディのせいで）ある。

ロイドが何も行動を起こさなかったのは、自分の欲求を優先するよりも、クロエの意思を尊重したからに過ぎない。

クロエが提案してきたのはあくまでも一緒に寝ること。

いわば添い寝だけだ。

生真面目なロイドはそう解釈し、決して手は出すまいと心に決めていた。

クロエはそれを口実にどうこうするのかという可能性も頭にはあったが、この様子だと本当にただ一緒に寝たかっただけのようだった。

愛する者が自分の身体に密着して無防備な姿を曝け出している。

それはなかなかに強い理性を必要とさせる状況だったが、これも精神をより強靱なものにする良い修行だと、ロイドは思うことにするのであった。

「あさ……」

ちゅんちゅんと、小鳥の唄声で目が覚めた。

ぱちっと目を開けると、隣に大きな身体が横たわっていることに気づく。

ぼんやりとした頭で記憶の糸を手繰り寄せると、昨晩はロイドと一緒に寝たことを思い出した。

視線を上に向けると、静かな寝息を立てるロイドが目に入る。

目を閉じているからか顔立ちは涼やかだ。

いつもの凜とした表情とは違って無防備な顔もこれはこれで良いものがあった。

寝相が良いタイプなのか、夜寝た時とほとんど体勢が動いていない。

背中に回された腕もそのままであった。

（まだ、寝ているよね……？）

ちらりと確認してから再び、クロエはロイドの身体にくっつく。

ぎゅっと、子猫が母猫に擦り寄るようだった。

（ああ……落ち着く……）

朝陽と小鳥の唄が部屋を満たす中、大好きな人に包まれている。

なんて穏やかで、平和な時間なのだろう。

胸の中に温かいクリームのように溶かされる。

まだ僅かに残る眠気に素直になって、このまま二度寝を決め込みたいところだったが、家政婦として朝の準備があるためそうもいかない。

ある程度堪能した後は、そーっとロイドの抱擁から身体を離す。

そして布団から上半身を起こして、静かに伸びをした。

思い返すと、眠りに入って目覚めるまで一瞬だった。

夢は眠りが浅い時に見ると、どこかで聞いたことがある。

それが本当ならば、クロエはロイドの横でぐっすり眠れたということだろう。

心なしか、普段よりも頭が冴えているような気がした。

——深く眠れて朝はお肌の調子が良いし、頭もスッキリしているの。

（サラさんの言っていたこと、本当だったんだ……）

添い寝の効果をいざ身をもって実感をしていると。

「む……」

短いうめき声と共に、ロイドの瞼(まぶた)がゆっくりと開かれる。

「おはようございます、ロイドさん」

「……おはよう」

寝起きだからか、少しばかりくぐもった声。

頭が覚醒しきっていないのか、ロイドの視点はぼんやりと定まっていない。

「もう、起きないといけない時間か？」

「いえ、まだ大丈夫だと思います」

「そうか」

そう言うと、ロイドはごそごそと衣擦れの音を立てて、横向きからうつ伏せの体勢になった。

まだ起きる様子はないようだった。

うつ伏せになったことで、ロイドの長めの前髪が瞼を隠す。

その髪先を見ていると、引かれるように手が伸びた。

「……なんだ？」

突然、頭を撫でられ再び目を開けるロイド。

「ふふっ、特に深い意味はありません」

「なんとなく、か？」

「です」

「そうか……なんだか、くすぐったいな」

「あっ、ごめんなさい」

パッとクロエは手を離す。

「いや、違う。胸の辺りが、こう……ざわざわする感じがある」

「……その気持ちは、とてもわかる気がします」

どこか気恥ずかしそうに言うロイドに、クロエは目を伏せながら言う。

クロエも、ロイドに撫でられている時は嬉しいやら恥ずかしいやら、胸がむず痒い気持ちになっていた。

「だから、別に止めなくてもいいが」

「いいんですか？」

「撫でたそうな顔をしている」

「うう……そろそろポーカーフェイスの練習をした方が良いかもしれませんね……」

「俺としては、わかりやすくていいのだが」

ロイドの許しを得たので、再びロイドの頭に手を伸ばす。

何度か手を滑らせるたびに、柔らかい髪の感触が指先から伝わってくる。

いつもはクロエの方が撫でられる側なので、こうしているのは新鮮であった。

すると、ふあ……と、ロイドが欠伸（あくび）を漏らす。

「お眠さんですか？」

「わからない……が、撫でられてると、なんだか眠くなってくるな……」

「その気持ちも、とってもわかります。私はこれから朝ごはんの準備をしますが、ロイドさんは時間の余裕があるので、まだ寝ていて良いですよ」

「……そうしてくれると、助かる」

（なんだか、猫ちゃんみたい……）

ロイドが再び寝息を立て始めた。

いつもキリッとしていて隙のないロイドが、自分だけに無防備な姿を見せてくれる。

それだけで、一緒に寝た甲斐があったと思うクロエであった。

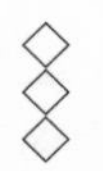

「ロイドさん、来週の土曜日か日曜日は空いていますか？」

朝食中に、クロエはロイドに尋ねた。

「日曜日なら空いている」

「でしたら、日曜日に二人で刺繡展に行きませんか？」

「刺繡展？」

ロイドが目を瞬かせる。

「はい、シエルさんから誘われたんです。なんでも、国内外の刺繍の名人さんたちの作品がたくさん展示されているみたいです」

昨晩は添い寝のことで頭がいっぱいで、ロイドに予定が空いているかどうかすっかり聞き忘れていた。

「刺繍というと、クロエが刺していた縫い物のことで合っているか？」

クロエの問いかけに、ロイドが尋ね返す。

「はい！　ロイドさんのハンカチに刺した、あの剣のやつです」

「なるほど……」

ふむ……と、ロイドが考え込む。

難しい顔をしているのを見て、あまり乗り気ではないのだとクロエは解釈した。

「ご、ごめんなさい、ロイドさん……刺繍なんて興味ないですよね、大丈夫ですお気になさらず私一人でも十分楽しめるので……」

「いや、気持ちとしては行きたいぞ？」

「へ？」

「ただ、刺繍の知識などほとんどない俺が行っても良いのかと、自問していただけだ」

「そ、それは全く問題ないと思います！　刺繍のことをある程度知っていないと参加できない、みたいな敷居の高いイベントでもありませんし……」

ちらりと、窺うようにクロエは尋ねる。

「一緒に、行ってくれるのですか？　退屈させるかもしれないのですが……」

「恋人が好きなものの理解を深めたい、と思うのは普通だと思うが」

何を当然のことをとばかりに首を傾げるロイドを見て、クロエの頬が自然と緩む。

「ありがとうございます、ロイドさん」

「どうってことない。むしろ誘ってくれて感謝する」

ロイドが言うと、クロエの口から自然と笑みが溢れる。

「楽しみですね」

ロイドと一緒に、刺繍展を見て回ることができる。

そのことに、胸のわくわくが抑えきれないクロエであった。

ローズ王国の首都、リベルタの中心に聳え立つ王城。

その付近には、公的な役割を担う建物がいくつも立っている。

中でも、門の周りを何人もの兵が厳重に守る、物々しい施設があった。

『リベルタ留置所』

ここには、罪を犯し処遇を待つ被疑者が多く収容されている。

留置所のとある一室。

『面会室』と呼ばれるその部屋は名の通り、被疑者が親族や弁護人などと面会できる空間だった。

部屋の真ん中には鉄格子の仕切りが設けられていて、万が一にも逃げられないようになっている。

二つに分けられた部屋の一方——被疑者側の椅子に座っているのは、クロエの姉リリー。

約三週間前、リリーはクロエをホテルの一室に監禁し、暴行した。

それだけでなく、第一騎士団所属の騎士に向かって護衛の兵を差し向けるという、叛逆と取られてもおかしくないことをして勾留中であった。

「ちょっと、お母様はまだなの?」

椅子に座るリリーが苛立ったように見張りに尋ねる。

「さあ、自分にはわかりかねます」

素気ない見張りの態度に、リリーは盛大に舌打ちをした。

(こんな狭くて臭くて薄暗い場所に閉じ込められて、もう三週間……)

思い出すと、はらわたが煮え繰り返りそうになる。

勾留されてからの日々はリリーにとって屈辱そのものであった。

辺境伯の令嬢ということで多少は待遇を考慮されていたものの、豪華な食事が出るわけでもなく、服も質素でお洒落とはほど遠いもの。

実家ではお腹いっぱいに好きなものを食べ、煌びやかなドレスを身に纏い目一杯着飾っていたリリーからすると耐え難いものがあった。

(なんで無実の私が……こんな目に遭わなきゃいけないのよ……)

そもそもリリーは不当に留置されていると思っている。

母イザベラと同じく、幼少期からクロエを『呪われた子』だと認識し、同じ人間として接してこなかった。自分があのホテルでクロエに加えた暴行も、黙って実家を逃げ出した妹へのお仕置きとして当然のこと。

そしてロイドを護衛の兵を使って襲ったのも、クロエを連れ戻そうとしたのに邪魔をしてきたから当然のこと。

自分は全く悪いことをしていないと、リリーは心の底から信じきっている。

当然のことながら、ローズ王国には法律というものがきちんと整備されているが、辺境とはいえ最も権力を持つ家の長女として子供の頃から好き放題してきたリリーに罪の意識は、全くと言っていいほどなかった。

「リリー・アルデンヌ。面会人だ」

面会人側のドアが開き、女性と男性が一人ずつ中に入ってくる。

「お母様！」

「リリー！」

リリーを見るなり、女性、イザベラは大きなドレスを振り乱して鉄格子に駆け寄った。

およそ一ヵ月ぶりとなる親子の再会に、二人は鉄格子越しに手を取り合う。

「ああ……私の可愛いリリー……こんな所に押し込まれて、可哀想に……」

悲痛に顔を歪める(ゆが)イザベラの瞳は、クロエに向けるものと違って娘を憂う(うれ)母親のそれであった。

家に帰ると
誰かが
“おかえり”と
言う…とは
なかなか
新鮮な感覚だ
苦手かも
しれない
家族を知らない
エリート騎士
×
家族に虐げられた
辺境伯令嬢
っ!?
なんだから
よく
やったな…
って言って
下さい…
愛を知らない二人が出会う
シンデレラ溺愛ストーリー
WEBマンガサイト「DREコミックス」で大好評連載中! コミックス第1巻は11/24頃発売予定!
DRE COMICS
『ド田舎の迫害令嬢は
王都のエリート騎士に溺愛される』
漫画/幸原ゆゆ　原作/青季ふゆ
キャラクター原案/有谷 実
WEB連載中!

「お母様、ごめんなさい……こんなことになって……」

「気にする必要はないわ、リリー。全部私に任せて」

イザベラは振り向き、男性――弁護人のテッドをキッと睨みつけた。

「今すぐ娘を解放して！　お金でもなんでも払うから、一刻も早く娘をこの薄汚い場所から解放しなさい！」

薄汚いと言われて見張りの男がムッと眉を顰める。テッドは額の汗を拭いながら言った。

「そ、そういうわけにもいきません。ご息女様はこの国の法律に照らし合わせると、複数の罪を犯しております。解放した場合、被害者への口止めなどを含めた証拠隠滅も否定できないため、身柄を拘束するほかないのです」

「私の娘に限ってそんなことをするわけないでしょう⁉」

「ご家族ということで庇いたい気持ちがあるのはわかりますが、規則というものがございますので……」

「ちっ……使えないわね！　何が弁護人よ！」

がしゃんっと、イザベラは怒りを露わにして鉄格子を叩いた。

「お母様！　私は何も悪くないの！　全部全部、クロエが悪いのよ！」

怒り心頭のイザベラに、リリーは被害者面全開で訴える。

「私はただ！　逃げ出したクロエを実家に連れ戻そうとしていただけで、それ以上何かしようという気はなかったの！　手を上げたのも、クロエが逃げ出そうとしたからで……」

「ええ、ええ……わかっているわ……」

安心させるようにイザベラは言う。

「私の可愛いリリーが犯罪なんてするわけないもの、こうなったのも何かの間違い。安心して、お母さんがなんとかしてあげる。私は何があっても、リリーの味方だから……」

「お母様……」

イザベラの言葉に、リリーは感涙の涙を流した。

周りの状況が全く見えていない、歪み切った親子愛を目の当たりにしたテッドは、どこか畏怖を覚える表情で二人を見ている。

（なんだ、これは……）

それからゴホンと咳払いをして口を開いた。

「……来週、被害者方も交えた審議がございます。判事も同席の上で事実確認がなされ、後日に判決がくだります」

被害者——つまり、クロエを交えた事実確認の場であった。

「念のために聞くけど、私がなんらかの罪に問われる……なんてことは、万が一にもないわよね？」

イザベラに尋ねられて、テッドは気まずそうな顔をして言う。

「ない……とは言い切れません。領地シャダフでの、ご息女クロエ様への虐待の件についての取り調べもございますので、その結果によっては……というところでございます」

「クロエへの虐待⁉　冗談じゃないわ！」

イザベラの甲高い悲鳴が部屋に響く。

「あの子は呪われた子で、ウチの領地に災厄をもたらしたの！　それを自覚させるために教育をしていたに過ぎないわ！」

どんっ、どんっとテーブルを叩きながらイザベラは声を上げる。

あくまでも自分は悪くないと言い張るイザベラに、テッドは厳しい顔をして言う。

「クロエ様の存在と、イザベラ様の身内に不幸が起きたことの因果関係を証明することはできますか？」

「因果関係⁉　知らないわよそんなの！　クロエが生まれてから私の夫と次男が死に、私自身も病に冒されて辛い思いをしたの！　全部全部、クロエが原因に決まっているわ！」

「ご主人とご子息様に関してはお気の毒ですが……本件について減刑の理由にはなりません。もしクロエ様のせいでシャダフが不幸に見舞われたというのであれば、その因果関係を証明しなければなりません。それを証明することができるのであれば、情状酌量の余地もでてきますが、できないのであれば、イザベラ様がクロエ様に行ったことはただの暴行として認定される可能性が高いです」

ローズ王国において、他人への暴行は罪とされている。

実情として、親から子への暴行については教育という体で黙認されることも多々あるが、今回の一件は大事になった上に、事情が事情のため無視することができない。

調査してみれば、イザベラたちは幼少の頃よりクロエに対し日常的な暴力、あらゆる労働の強制、人としての尊厳を無視した扱いをしていたことが判明した。

事が大きくなった以上、その罪も問わなければならないのだ。

「さっきからなんて冷たいの！　私が今までどんな思いで……!!」

「裁判に感情論は無意味です。裁判という場はあくまでも、法の下に進行します。イザベラ様の感情とは無関係に、判断が下されるのです」

テッドの言葉に、イザベラは言葉を呑み込む。

イザベラ自身、内心ではわかっていた。

シャダフでの流行病、身内の不幸の原因はクロエでないことを。

だが、人間は物事の結果に対し理由をこじつけたくなるもの。

それも、生まれつき感情的で心の弱いイザベラは、クロエを呪われた子だと断定して虐げ、己の鬱憤を晴らす方向へと向かってしまっていた。

年を重ねて頭の固くなったイザベラが、今さら認識を改められるわけがなかった。

「現状ですと、賠償金に加えて数年程度の懲役で済むかと思いますが、実家での虐待が認定されると、今よりも重い判決が下されることは確かです。私も弁護人としてできる限り減刑するよう努力しますが……あまり期待をなさらぬよう……」

テッドの言葉に、イザベラの狡猾な頭が回転する。

クロエの虐待について客観的な証拠……主にクロエや屋敷の使用人の証言が集まった場合、こちらが不利になる。

（使用人共の口止めは、なんとかできる……けど……）

問題はクロエだ。リリーの一件もあった以上、クロエの発言内容が真っ赤な嘘であると主張するのは、さすがに厳しいものがある。

次の審議会でクロエが証言するのは、なんとしてでも阻止しなければならないとイザベラは考えた。

「お母様……」

「なあに、リリー」

おそらく、同じことを考えていたであろうリリーがイザベラに、ある事を耳打ちする。

瞬間、イザベラの目が大きく見開かれた。

「安心して、リリー。ママが全部……なんとかしてあげるから……」

リリーに優しく語りかけるイザベラからただならぬ気配を感じ取ったのか、テッドが口を開く。

「今のところ、イザベラ様は罪状が固まっていないため、拘束されることはございません。ただ念を押しておきますが、審議の日までくれぐれも騒ぎを起こさぬようお願いいたしますね。ただでさえ、こちら側は不利な状況に立たされているのですから」

「ええ、わかっているわ……」

虚ろな目、ニヤリと歪んだ口元をテッドに向けて、イザベラは言った。

DREノベルス刊行情報

2023年12月の新刊 12月8日頃発売

ブレイド＆バスタード 3
―金剛石の騎士の帰還―

著／蝸牛くも　イラスト／so-bin

隠れ才女は全然めげない 2
～義母と義妹に家を追い出されたので
婚約破棄してもらおうと思ったら、紳士だった婚約者が
激しく溺愛してくるようになりました!?～

著／宮之みやこ　イラスト／早瀬ジュン

宰相補佐と黒騎士の契約結婚と
離婚とその後 2
～辺境の地で二人は夫婦をやり直す～

著／高杉なつる　イラスト／赤酢キヱシ

ループから抜け出せない悪役令嬢は、
諦めて好き勝手生きることに決めました 3

著／日之影ソラ　イラスト／輝竜 司

第四章 展示会へ

ベッドを一緒にしてからも、クロエとロイドの穏やかな日々は続いていた。

朝二人一緒に起きて、朝ごはんを食べ、ロイドは仕事に行き、クロエは家事をこなす。

夜になったら二人で夕食を食べて、クロエは読書、ロイドは素振りなど各々が好きな時間を過ごしてから、一緒にベッドで横になる。

なんのわだかまりもない、平和で幸せな日々を過ごしていた。

そうして、刺繍展に行く日があっという間にやってきた。

「わああ～～～～!!」

王都の中心にある巨大なホール。

シエルにもらったチケットで入場したクロエは、刺繍展を前にして目を輝かせた。

シャンデリアの光が、会場にずらりと並べられた刺繍作品を照らしている。

美術館のように規則的な展示をしているのではなく、出展者たちがそれぞれ小さなブースを作って、そこに自分の作品を展示をしている形式で、一見すると豪華な市場のようにも見えた。

それぞれのブースには展示スペースがあって、そこに額に入れられた刺繍作品が並べられている。

各作品のテーマは紋章もあれば、田園風景や花や鳥、さらには宗教的なシーンを描いたものもあり、多種多様だった。どの作品も、さまざまな色の糸や複雑なステッチを駆使していて刺繍の魅力を十二分に発揮している。

ホールの隅では、実際に刺繍を施すデモンストレーションのコーナーも設けられており、多くの人々が興味津々でその様子を見つめていた。

まさに、刺繍好きのために催された展示会で、クロエにとっては天国のような場所になっていた。

「物凄(ものすご)い数だな」

付き添いでやってきたロイドも会場を物珍しそうに見回している。

絵画や工芸などの分野に比べると、刺繍という芸術が占める割合は小さい。

それでも、国内で一番の展示会というのもあってその規模はなかなかのもので、来場者もかなりの人数だった。

ロイド自身、針作業が苦手ということもあって刺繍に対する関心は強くはない。

しかし、一流の職人が手がけた精巧な刺繍作品ともあれば話は別だ。

ひとつひとつにとてつもない手間が掛かっていることは一目でわかる。

まるで、何百年もかけて作られた巨大な教会を前にしたような心地のロイドであった。

ロイドでさえそんな調子なのだから、クロエに至っては大はしゃぎである。

「こ、この刺繍すごい!」

びゅんっと、クロエはあるブースに駆け寄り刺繍の感想を口にする。

「糸の一本一本がまるで生きてるみたい! 触れば動き出しそう! この花の模様、質感、色合いがこんなにリアルに表現できるなんて……」

また別のブースにぴゅんっと移動する。

「これは……‼　複雑な幾何学模様と鮮やかなコントラストが見事過ぎるわ……‼　一体どんな発想があれば、この紋様と色の組み合わせを思いつくの……真ん中の獅子の紋章も王者の風格を持ってテーマがはっきりと伝わってくる……本当にすごい……」

卓越した技術と表現力によって施された刺繍に、クロエは目が離せないようだった。

ブースにはそれぞれ制作者がいて、クロエの絶賛に耳を傾け満足げに頷いている。

これだけ褒められると、制作者冥利に尽きるだろう。

「す、すみません、この刺繍のこの部分って、どうやって刺すのですか……？」

ある刺繍の技法をどうしても知りたくなったのか、クロエが制作者の男性に尋ねる。

「ああ、ここかい。ここは細かいフレンチノットステッチを応用をしているんだ。いくつかの糸を用いて微細な結び目を作ることで、このように立体的な質感を出すことができる」

「あー！　なるほど！　それでこの部分が他の部分よりも少し盛り上がって見えるのですね。実際に触ってみると、少しふっくらとしていて、他の平坦な部分とのコントラストが綺麗で……色のグラデーションも強調されています！」

「お嬢ちゃん、見る目があるね！　その通り、フレンチノットステッチと色のグラデーションの組み合わせで一層深みを持たせているんだよ。見てくれる人にそれを感じてもらうことが、この作品の醍醐味なんだ」

制作意図まで見抜いてくれたクロエに、男性はとてもご満悦だった。

刺繍の技法について実際に制作者本人に聞けるのも、この展示会の売りと言えよう。

こうして、クロエはしばらく我を忘れたように展示場を回った。

一流の手によって刺された刺繍を目で堪能し、どうやって作ったのかわからない気になったところを制作者に聞いたりして、クロエは存分に展示会を楽しんだ。

「はっ……すみません！」

会場の半分ほどを回ったところで、クロエはロイドに向き直る。

「私だけはしゃいでしまって……退屈ですよね？」

申し訳なさそうに言うクロエに、ロイドは目を優しげに細める。

「気にするな」

クロエの頭を撫でてロイドは言う。

「クロエが楽しそうな姿を見ていると、俺も楽しくなってくる。存分に堪能するといい」

それは、ロイドの本心であるとクロエはわかった。

「うう……ありがとうございます。おかげさまで、しっかりと堪能しています」

「何よりだ」

そうは言うものの、クロエの中の不安は拭えきれない。

「それに……」

きょろきょろと辺りを見回してロイドは言う。

「刺繍には疎いが、ここに並んでいる作品がどれも一流であることは、俺にもわかる。一流のものは、たとえ自分の専門外でも見ていて楽しいものだ」

「その気持ちはわかります！　ロイドさんが戦う姿も、見ていて楽しかったです！」

興奮気味に言うクロエに、ロイドが首を傾げる。

「俺の剣術は一流でもなんでもないぞ？」

「第一騎士団のエースさんが何を仰いますか……」

「ああ、なるほど……確かに、今の立場的には一流に該当するかもしれんが……上には上がたくさんいる」

「それでも……ロイドさんの戦う姿、私は一流だと思いましたよ」

曇りが一切ない瞳を向けてクロエが言うと、ロイドはどこか照れ臭げに頬を掻いた。

ロイドが戦う場面を、クロエは何度か目にしている。

公園で暴漢に襲われた時、王城でのルーク戦、そしてリリーの一件の時。

どの場面を切り取ってもロイドの身のこなしや剣の扱いは美しく、目が離せないものだった。

ロイドが一流の剣士であることに異論を唱えるものは、そういないだろう。

「私にはあんな動き、できません。特に、姉の護衛の攻撃を全て避け切った時は鳥肌が立ちました……」

「あれは別に、大したことはしていないぞ」

「そうなのですか？」

「ああ。避けるだけであれば、度胸でどうにかできる」

「度胸……」

「そうだ。相手の剣を恐れない心と言っていい。恐れは心を乱し、身体の動きを鈍らせる。恐れがなければ、冷静に相手の目と剣の動きから、どう自分の身体を動かせば避けられるかがわかる」

「なるほど……」

ロイドの説明にクロエはふむふむと頷く。

「もちろん、実戦では訓練と違い、近くに障害物がないかとか、逆に身を隠せる場所はないかという状況把握能力、そして、武器や盾になりそうなものはないかなど、臨機応変な判断力も大事だ」

「剣の世界も、奥が深いですね……」

「それはその通りだ。ただ俺の見立てだが、クロエは筋がいい。訓練を重ねれば、きっと一流の剣士になれるぞ」

「い、痛いのは苦手なので、私は刺繍の一流を目指すこととします」

「そうか……」

心なしか、ロイドは残念そうな顔をした。

「……っと、すまない。これこそクロエの専門外で、退屈な話だろう」

「いえいえ！　ロイドさん、剣の話をしている時は生き生きとしているので、聞いているだけでも楽しいです」

「それは、今の俺の気持ちと一緒だな」

「あっ……」

クロエが目を見開くと、ロイドは口元に笑みを浮かべ安心させるように言う。

「だから、気にするな。俺は十分に楽しんでいる」

言われて、ロイドが本心からこの展示会を楽しんでいるのだとわかった。

すっと、クロエの胸に立ち込めていた不安の雲が霧散していく。

「さあ、行こう。まだまだ見ていないものが、たくさんあるだろう」

「は、はいっ……」

クロエが言うと、ロイドが手を差し出してくる。

「思った以上に人が多いからな、はぐれないように」

「あ、ありがとうございます……」

差し出された大きな手を取る。

自分よりも大きな手が包み込んできて、頬がじわりと熱を帯びた。

（うう、なかなか慣れないな……）

もう何度も手を繋いでいるはずなのに、ロイドと触れ合うと相変わらず胸がドキドキしてしまう。

仲良く手を繋いで、二人は引き続き刺繍展を見て回るのだった。

「あれ？」

とあるブースに差し掛かった時、クロエの足がぴたりと止まった。

綺麗な額縁に収められた、花の刺繍。花の名はハーデンベルギアといって、王都ではあまり見ることはないが、シャダフでよく咲いていた。

紫の花房が美しく、まるで宝石のような輝きを放っていて、周りには淡い色調の蝶々や朝露のような粒が散りばめられている。

明るめな背景との対比が、ハーデンベルギアの落ち着いた佇まいを一段と際立たせていた。

この刺繍に、クロエは強烈な既視感を覚えた。

「どうした、クロエ？」

ロイドの問いかけに反応することはできない。

クロエの意識は深い記憶の海を潜航していた。

(似ている……)

この糸の巻き方といい、微細な結び目の位置といい。

子供の頃、よくお手本として見せてくれていた刺繍と特徴が似通っていた。

(やっぱり、似ている……あの人の刺繍に……)

他の刺繍にも視線を注ぐにつれて、確信が深まっていった。

「この刺繍は、貴方が……？」

思わず、クロエは店番をしている男性に尋ねた。

「いんや、俺は今日、手伝いで来ているだけだ」

男は力強い肩と大きな手を持ちながらも、瞳は柔らかく、少し下がった目元が優しげな雰囲気を纏(まと)っていた。顔立ちは均整がとれており、少しウェーブがかった短めの髪は、彼の爽やかな印象を一層際立たせている。

頰の薄いヒゲが彼の男らしさを強調し、同時に温かみも感じさせていた。

「ここに並んでいる刺繡は全て、妻が制作したものなんだ」

「奥様が……」

「ああ。おっ、ちょうど帰ってきたみたいだ」

男の視線がクロエとロイドの後ろに注がれる。

反射的にクロエも振り向く。

そして、視界に映った女性の姿を見て声を上げた。

「シャーリー……⁉」

「クロエ様……⁉」

シャダフにあるアルデンヌ家の屋敷にて。

クロエが生まれてから、十歳まで侍女を務めていたシャーリーは、クロエを見て驚きを露わにしていた。

「どうぞ、クロエ様」

「ありがとう、シャーリー」

展示会の休憩所。シャーリーがクロエに冷たい水を持ってきてくれた。

ひとつの小さなテーブルを、シャーリーと二人で囲む。

ロイドは、シャーリーのご主人と一緒にブースで待ってくれていた。

『久しぶりの再会なのだろう。俺のことは気にせず、話してくるといい』

クロエがシャーリーについて説明すると、ロイドはそう言って二人きりの時間を作ってくれた。

ロイドの気遣いに甘えて、久しぶりの再会の喜びを分かち合うことにしたのだ。

「まさか、またクロエ様とお会いできるなんて思っていませんでした……」

驚きを隠せないといったようにシャーリーが言う。

「私も……本当に、こんなところで再会できるとは思っていなかったわ」

「よく、私の刺繍だとわかりましたね」

「当たり前よ。私が今までで一番見てきたのは、シャーリーの刺繍だもの。見た途端、シャーリーのだって気づいたわ」

「クロエ様……」

じん、とシャーリーは感動したように胸に手を添えた。

そんなシャーリーの姿は、クロエの記憶の中のものと少し異なっていた。

シャーリーと別れたのは約六年前。

かつて短くカットされていたその髪は、今では背中の辺りまで落ちる長さになっているし、メイド服ではなく可愛らしい私服ということもあって印象は違うものになっている。

しかし柔らかい物腰や、目元に帯びた優しげな雰囲気は以前と変わらない。

それに、六年という歳月が経っているにもかかわらず、老いるどころかむしろ若々しくなっているとすら感じた。

「ハーデンベルギアの刺繍を見て思い出すなんて、なんだか運命を感じますね」

「ああ、そうね。ハーデンベルギアの花言葉は、確か……えっと……」

「奇跡的な再会」

「そう、それ！」

クロエが指を差す。

「私が今日、クロエ様と再会したのは、何かの運命かもしれませんね」

淡く微笑むシャーリーに、クロエは僅かに眉をひそめて口を開いた。

「シャーリー」

「はい、なんでしょうクロエ様」

「今さらだけど、そんな堅苦しい敬語じゃなくても良いわ。もう、貴族と侍女という関係でもないんだし……」

「それはそうなのですが、私の中のクロエ様は、クロエ様なので……今さらラフにお話するのも、それはそれで違和感と言いますか……」

（ああ、やっぱり、シャーリーだわ……）

胸の中から、じんわりと懐かしい思いが溢れ出す。

昔からシャーリーは真面目で、優しくて、誰に対しても敬語だった。

その人当たりの良さから、屋敷の中でもシャーリーを慕う者は多かった。

呪われた子として処分されそうになったクロエが、シャーリーの説得で生きながらえることができたのも、新人でありながら彼女が屋敷内で味方の多い存在だったから、という側面もあったとクロエは考えている。

「変わらないわね、シャーリーは」

「ふふっ、ありがとうございます。そう言うクロエ様は……本当に大きくなられて、それに、見違えましたね……」

クロエの容貌を見渡してから、シャーリーはしみじみと言う。

クロエが十歳という育ち盛りの時にシャーリーは別れているため当然、成長による変化を実感している。

加えてシャーリーがいた時から、クロエに対する暴力や嫌がらせは行われていた。

できる限りシャーリーが止めてくれていたが、親や姉からの嫌がらせとなると立場の差もあり庇うにも限界があった。

食事を十分に与えられず痩せ気味で肌はガサガサ。

度々振るわれる暴力で、よく青痣を作っていたものだ。

それが今や、クロエは貴族の令嬢として恥じぬ見目麗しい姿へと変貌を遂げている。

「王都に来てから、ロイドさんに色々良くしてもらったので……」

「そうなんですね。そもそも、なぜ王都に？　まさか、ロイドさんは王都の貴族様で、嫁ぐことに成功したとか……⁉」

シャーリーが身を乗り出し、興奮した様子で尋ねてくる。

先ほどは名前を明かしたくらいで詳細を説明しそびれてしまったため、ロイドの素性をシャーリーは知らない。

「ううん、全然そんなことはないの……」

期待に添えず申し訳ないとばかりに、クロエは首を振る。

「今日に至るまで、結構色々なことがあって……」

「と、言いますと？」

「時間、大丈夫？　結構、長い話になるのだけど……」

「お気になさらないでください。店番は主人に任せているので……」

しゃんと居住まいを正し、真面目な顔をしてシャーリーは言う。

「聞かせてください、私がいなくなった後、クロエ様に何が起こったのか……」

シャーリー自身、シャダフの実家でクロエがどのような扱いを受けていたのか痛いほどわかっている。これからクロエの口から語られることは、あまり明るい話ではないことも、想像に容易かった。

それでもシャーリーは、今クロエの話をきちんと聞かなければいけないと思っていた。

「わかったわ……」

頭の中の記憶を整理しながら、クロエは今日に至るまでの経緯を語り始めた。

クロエがシャーリーと久しぶりの再会を喜んでいる頃。

「……というふうに、刺繍には使われる糸の種類や土台となる生地の織り方、針の選び方によって、質感が大きく変わるんだ。例えば、この刺繍に使用されているのは『絹糸』。絹糸は光沢があって、滑らかで繊細な仕上がりになる」

「ふむふむ、なるほど……」

シャーリーのブースで、ロイドは男——シャーリーの夫、ケビンと話し込んでいた。

ケビンは展示品をひとつ手に持って、ロイドに刺繍の基礎的な知識の説明をしている。

「さすが、刺繍のエキスパートだけあるな。とてもわかりやすい説明で、助かる」

「全て妻の受け売りだよ。本当にすごいのは、彼女の方だ」

ケビンはそう言って、刺繍を大事そうに元の位置に戻した。

ケビンに、ロイドは尋ねる。

「やはり、結婚は良いものなのか？」

「結婚？」

「ああ、すまない。特に深い意味はないが、その……」

ロイド自身、初対面の相手になぜこんな質問を口にしたのかよくわかっていなかった。

先日、フレディにクロエとの結婚に関して聞かれたことが、ずっと頭のどこかに残っていたのかもしれない。

そんなロイドの様子に、ケビンは何かを察したような顔をする。

「結婚は良いものか、そうだな……」

顎に手を添えじっくり考え込んでから、ケビンは答えた。

「人によって答えが違うので一概には言えないと思うが、少なくとも俺は、妻と結婚して良かったと思っている」

ケビンの表情は嘘(うそ)偽りのない、清々(すがすが)しいものだった。

「一緒にいて落ち着ける、楽しいと思う……そして、何か困ったことや困難が立ちはだかった時に、一緒に乗り越えていける相手となら……結婚は、とても良いものだと思う」

ケビンの言葉を聞いて、ロイドは自分の胸に問いかける。

クロエと一緒いて、落ち着けるかどうか？

クロエと一緒にいて、楽しいと思うか？

そして、困ったことや困難が生じた際、クロエと一緒なら乗り越えられるかどうか。

突っかかりは何もなかった。答えはずっと前から決まっていた。

「そこの刺繍は、購入できるものか？」

ロイドがテーブルに並べられた、値札がついた刺繍について尋ねる。

今回の刺繍展は展示が主ではあるが、商品として作品を売り出しているブースも多くあった。

「ああ、もちろんだ」

「なら、これを購入したい」

ロイドが指差したものを見て、ケビンが目を丸める。

「ま……まさか、ロイドさん……」

ロイドが指定した刺繍を見て、これまでの会話の流れから合点のいったケビンは驚きの表情を浮かべる。そんなケビンに、ロイドはゆっくりと頷いて言う。

「腹が、決まった」

ロイドの双眸（そうぼう）に灯（とも）る固い決意の光を見て、ケビンは小さく笑った。

「健闘を、祈っているよ」

クロエは語った。
シャーリーがいなくなってからの、シャダフでの日々。
ある日、母親にナイフを向けられて、命からがら王都に逃れてきたこと。

王都でロイドに助けられ、彼の家で家政婦として働くようになったこと。

それから過ごした、王都での日々。

楽しかったこと、嬉しかったこと。

リリーに連れて帰られそうになったところをロイドに救助されたこと。

掻い摘んでになったが、今までのことをシャーリーに話した。

その間、シャーリーはクロエの話の腰を折ることなく、うんうんと聞き入っていた。

「……ということで、今日はロイドさんと一緒に刺繍展を見に来たんです」

語り終えてから、カラカラになった喉を水で濡らす。

冷たかった水は、すっかり温くなっていた。

「うっ、うっ……本当に、よく頑張りましたね……クロエ様……」

「シャーリー⁉」

クロエが声を上げたのは、シャーリーの双眸から大粒の涙が流れ出ていたからだ。

「あっ、ああっ……ごめんなさいっ……」

とめどなく溢れる涙を手で拭おうとするシャーリーに、クロエがハンカチを差し出す。

「よかったら、使って」

「あ、ありがとうございます……」

クロエからハンカチを受け取って、シャーリーは涙を拭う。

それから何度か深呼吸をすると、ようやくシャーリーは落ち着いてきた。

「どうしたの、シャーリー？　急に泣き出して……」

「取り乱してしまって、申し訳ありません。私がいなくなった後……クロエ様は、随分辛い日々を過ごされたんだと思うといたたまれなくて……でも、無事に王都に来て素敵な人と出会えて、よかったなとも思って……自分でもよくわからないのですが、色々な感情で胸がぐっちゃぐちゃになってしまいました……」

そんな言葉を並べた後。

「クロエ様、本当に申し訳ございません！」

テーブルに顔がめり込まんばかりにシャーリーが頭を下げた。

「私が屋敷を辞めたせいで、クロエ様に辛い思いをさせてしまい……本当に、本当に、申し訳ございません！」

ざわ……と、周りの人々がこちらに注目するほどの声量でシャーリーは言う。

その声からは、クロエに対する心の底からの申し訳なさが感じられた。

「頭を上げて、シャーリー」

クロエに言われて、シャーリーは恐る恐る顔を上げる。

シャーリーの目に映ったクロエは、優しく微笑んでいた。

「そんな、気にしていないわ。シャーリーもシャーリーで、家庭の事情があったのでしょう？」

「それは、そうなのですが……」

シャーリーは身内に不幸があり、家業の手伝いに入らなくてはいけなくなったため屋敷を辞めたのだと、クロエは記憶している。

やむを得ない事情であったことは、クロエも重々承知していた。

「私がシャーリーを責めるのは見当違いも良いところよ。それに……」

愛おしそうに目を細めて、クロエは言葉を紡ぐ。

「今の私は、とても素敵な人と出会えて、幸せだから……シャーリーが気に病む必要はないわ」

それは、シャーリーに罪悪感を持たせまいと思うクロエの気遣いであった。

確かに、シャーリーがいなくなってからの実家でのクロエの扱いには目を覆うものがあった。

まだ幼かったクロエが、なぜシャーリーはいなくなってしまったのかと思わない瞬間がなかったといえば嘘になる。

(でもそんなこと、今さら言ったところで……)

もう全部、過ぎたことだ。

「それよりも、シャーリーがいてくれたおかげで、私はどれだけ助かっていたか……むしろ私は、シャーリーに感謝したいわ」

家族や他の使用人から呪われた子だと虐げられる中、唯一シャーリーという味方がいてくれたから、クロエは生きることができた。

読み書きができるのも、一通りの家事がこなせるのも、刺繍を刺すことができるのも。

そして、クロエの性格が明るく前向きなのも、シャーリーのおかげだった。

「本当に、クロエ様は変わっていませんね」

「あ、あれ……？　少しは大人っぽく……なった気はするんだけど……」

「お身体は大きくなられましたが……その優しさ、人を思いやる心は、全く変わっていません」

目を優しげに細めて言うシャーリー。

クロエは胸がくすぐったくなる思いであった。

気恥ずかしさから目を伏せるクロエに、シャーリーは恋バナに盛り上がる乙女みたいな顔をして尋ねた。

「そういえばクロエ様、旦那さんとは順調ですか？」

「だんなさん？」

何のことかわからず首を傾げる。

「あれ、あの騎士さんとクロエ様は、夫婦なんですよね？」

「ふふふ夫婦⁉」

「ち、違うのですか？　てっきり、旦那さんかと……」

ぶんぶんと、クロエは顔を横に振る。

先ほどの経緯説明で、ロイドとの関係性にはさほど言及してなかったことをクロエは思い出した。

「ロイドさんは、その……恋人です。それも、つい一週間くらい前にお付き合いを始めたといいますか……」

「えええっ⁉　一週間⁉　全然そうは見えませんでした……もう、随分長い間一緒に暮らしている夫婦みたいな空気が……」

「あはは……それは、そうかもしれないわ」

シャーリーの見立て通り、ロイドとはもう数ヵ月も一緒に暮らしている。

付き合い始める前から、周囲からは「いやもう付き合っているだろう」という見方をされる間柄だったのもあって、落ち着いていると言えば落ち着いているのかもしれない。

「でもまさか……私とロイドさんが、そんな風に見えていたなんて……」

「も、申し訳ございません。二人とも、恋人というにはあまりにも落ち着いているように見えたので……」

「そんな、謝ることじゃないわ」

（むしろ……ちょっぴり嬉しいかも……）

シャーリーから見ると、自分たち二人は夫婦に見えていたらしい。

そのことに、クロエは言葉にしようのない嬉しさを感じた。

なぜだか熱くなった身体を冷まそうと、クロエはコップを口に含む。

「それにしても、お付き合いしたてということは……」

シャーリーが頬に手を当ててうっとりしたような顔で言う。

「クロエ様は、ロイドさんと一緒にそれはそれはもう、情熱的な夜をお過ごしになっているんですね！」

「ぶふぉっ⁉」

「だ、大丈夫ですか、クロエ様⁉」

突然むせてしまったクロエにシャーリーが身を乗り出す。

ゴホゴホと咳き込むクロエの背中をシャーリーがさすった。

「ご、ごめん、ちょっと予想してない言葉だったから……」

(似たような会話を、この前もしたような……)

クロエの脳裏に、サラの笑顔が浮かんだ。

「その反応から察するに……まさかクロエ様、キスもまだだったり……?」

「………」

こくりと、クロエが頷く。

ごんっと、シャーリーが再び頭をテーブルにつけて叫んだ。

「汚(よご)れた大人でごめんなさい!」

「な、何をそんな謝ることがあるのっ?」

シャーリーが懺悔(ざんげ)する理由がわからないクロエはオロオロする。

「うう、そうですよね……クロエ様、とても純粋ですもの……熟(う)れ切(き)った私とは違って、いじらしい恋をしているに違いありません」

「い、いじらしい、のかしら……?」

ゆっくり、のんびりな恋をしているという自覚はあるが……。

「クロエ様は」

じっと窺(うかが)うような顔で、シャーリーは尋ねる。

「ロイドさんと、そういうことをしたいとは、思わないのですか？」

「そういう、こと……」

遠回しな表現だったが、シャーリーの言わんとしていることはわかった。

かああっと、頬を一気にりんご色にしつつ、考える。

（ロイドさんとそういうことをするのは、興味がないわけじゃない……けど……）

クロエも、ロイドも、そういった行為にさほど積極的ではない、というのがひとつ。

特にロイドの方が興味なさそうだ。

（それに、私は今のままでも十分幸せ……）

幼い頃から迫害されてきたクロエは、幸せの閾値が非常に低い。

誰からも愛されず、虐げられてきたシャダフにいた頃と比べると、今の生活は十分幸福を享受できるものだった。

大好きな人と想いを通じ合えて、一緒に暮らしている。

穏やかで、平穏で、何気ない当たり前の日々が何よりも幸せだった。

（これ以上、多く望むと罰が当たってしまいそう……罰……？）

ふと、胸の辺りがもやりとした。

喉に小骨が引っかかっているような、違和感。

なぜ、自分がロイドに対して多くを望んでいないのか。その根本的な理由の手がかりが姿を現しそうに……なったところで、なんともピンク色な妄想が始まった。

ロイドの部屋の、ベッドの上。

クロエに覆い被さるロイドは生まれたままの姿。

あの真剣な表情で、ロイドはクロエの頬にその大きな手を添えて、優しく言うのだ。

――全て、俺に任せるといい。

「……クロエ様、クロエ様？」

「はっ……!?」

「大丈夫ですか？　今にもお顔が破裂しそうですが……」

「だ、大丈夫、多分！」

割と大丈夫じゃないかもしれない。

たった今、頭の中で繰り広げられた妄想を思い起こして余計に身体が熱くなる。

自分の中にもしっかり、そういった欲求があったのかと思うと、恥ずかしくて消えてしまいそうだった。

当初のシャーリーの質問をなんとか思い出して、クロエは言う。

「えっと……そういうことについては、まだわからないけれど……せっかく恋人になったんだし、せめてキスくらいはできるようになりたいかも……なんて……」

両頬を押さえ、わかりやすい照れ笑いを浮かべながら言うクロエに、微笑ましげにシャーリーが言葉を口にする。

「本当に、クロエ様はロイドさんのことが好きなんですね……」

こくりと、クロエはゆっくりと頷いた。

「ロイドさんとは、結婚を考えていたりするんですか？」

「どう、なんでしょう……」

それこそ、ピンとこない問いだったが……。

――俺はクロエの婚約者だ。

この前のリリーの一件の際。ロイドがあの場を切り抜けるために口走ったブラフを聞いて、心臓が大きく高鳴ったのを覚えている。

難しい顔をするクロエに、シャーリーは尋ねる。

「クロエ様は、『夢の王子様』のお話を覚えていますか？」

「夢の、王子様……」

「さすがに覚えてないですかね、もう随分と昔のことですし……」

ちょっぴり寂しそうに目を伏せてシャーリーが言った途端。

――こうして、お姫様は王子様と結婚して、末長く幸せに暮らしましたとさ。めでたしめでたし。

クロエの脳裏に光が灯った。

幼い頃、シャーリーに読んでもらった絵本の内容が頭の中に広がる。

「思い出したわ！　あの、銀色の髪をした王子様のお話ね」

「そうです、そうです！」

シャーリーは勢いよく頷いた。

『夢の王子様』は、子供の頃、シャーリーに読み聞かせてもらった絵本だ。

平凡な一人の少女が夢の中で出会う銀髪の王子様と、毎晩夢の世界を冒険する。少女は、夢と現実の境界で迷子になりながらも、王子様の助けを借りてさまざまな試練を乗り越えていく。

そして、物語の終わりには、夢の中での冒険が現実のものと繋がり、少女と王子様は運命的な再会を果たして幸せになる、という話だ。

「結婚というのは、好きな人と『これからずっと一緒にいる』という、約束をすること……」

クロエの目をまっすぐ見て、シャーリーは言う。

「ロイドさんのことが、本当に好きなら……結婚も、視野に入れてみると良いかもしれませんね」

シャーリーの言葉は、クロエの胸にすとんと落ちた。

「そう、ね……」

ぽつりと、クロエは呟く。

(ロイドさんのことは、心の底から好き……本当に、大好き……)

それは疑いようのない事実で、これからも変わることのない自明の理に思えた。

これから隣にいる人がロイド以外だなんて、考えられなかった。

(多分、今のまま関係が進んでいったら……自然と、結婚するんだろうな……)

根拠はないが、そんな確信があった。

「それにしても、結婚しているシャーリーが言うと説得力が違うわね」

「世間的には新婚の部類ですし、そんな偉そうなことは言えませんよ」

「そんなことないわ。シャーリーも、良い人と出会えたようで良かった」

先ほど軽く話した程度だったが、シャーリーの夫であるケビンは見るからに良い人そうだった。

優しそうで、むやみに怒ったりしなそうな人だった。

「ええ……主人と結婚して良かったと、本当にそう思います」

嘘も偽りも迷いもない言葉。

自信を持って断言するシャーリーを、クロエは羨ましいなと思った。

「……っと、随分と長く話し込んでしまいましたね」

水を飲んで一息つき、シャーリーは言う。

「そろそろ戻りますか。ロイドさんも、退屈しているでしょうし」

「ええ、そうね」

二人立ち上がった。

「話せて良かったわ、シャーリー」

「それはこちらこそです。今日は、ありがとうございました」

シャーリーに手を差し出され、クロエはその手を取る。

子供の頃に取った手に比べると小さく感じるシャーリーの手。

確かな時間の変化に感慨を抱きつつ、クロエは改めてシャーリーとの再会を喜ぶのであった。

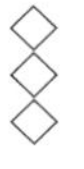

「おかえり、シャーリー」

クロエとシャーリーと戻ってくるなり、ケビンが出迎えてくれる。

ケビンの隣でロイドも待っていた。

「すみません、ロイドさん。随分と長く話し込んでしまい……」

「あ、ああ、気にするな」

そう言って、ロイドはクロエから僅かに目を逸らした。

心なしか気まずそうな表情。どうしたのですか、と尋ねる前にロイドは言う。

「俺は俺で、ケビンさんから刺繍について色々と学んでいた。なかなか奥の深い世界で、面白かったぞ」

ロイドが言うと、シャーリーが嬉しそうな笑みを浮かべて言う。

「すっかり主人と仲良くなったみたいねですね」

「ああ、おかげ様で、刺繍に対する理解が深まった」

「それは良かったです」

その時、ケビンが口を開いた。

「そういえば二人とも、別館へはもう行ったか?」

「別館?」

「ああ。刺繍界の巨匠、ロードメロイ氏が制作した巨大な刺繍が展示されているんだ。本当に圧倒されるから、まだなら見に行くといい」

「へえ！　それは気になりますね！　教えてくださって、ありがとうございます」

ぺこりと勢いよく頭を下げて、クロエは感謝の言葉を口にした。

「それでは、俺たちはこれで」

そっと、ロイドはクロエの肩を抱く。去り際、ロイドはケビンと視線を合わせ、アイコンタクトをしたが、その意図にクロエが気づくことはなかった。

立ち去ろうとする二人にシャーリーが声をかける。

「クロエ様」

最後にシャーリーは、昔クロエに向けていたものと同じような優しい瞳をして言う。

「どうか、幸せになってくださいね」

クロエも振り向き、心から湧き出た言葉を紡いだ。

「シャーリーこそ、お幸せに」

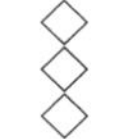

ケビンに教えてもらった別館は、ホールのすぐ隣に立つ特別スペースだった。
別館に足を踏み入れるなり、壮大な空間が出迎えてくれる。淡いクリーム色の壁がどこまでも伸びていて、その中央には壮麗な刺繍が壁一面を埋め尽くしていた。

その刺繍作品を前に、何列もの椅子が綺麗に並べられている。

訪れる者たちが椅子に座って、作品をじっくりと堪能できるようにという配慮だろう。

満席とまではいかないが、それなりの客の入りようだった。

天井はガラス張りになっており、空から差し込む陽の光が作品を鮮やかに照らしていた。

「わあ……」

ケビンの言っていた作品を見るなり、クロエは感嘆の息を漏らした。

二人とも導かれるように椅子に腰を下ろす。

刺繍のタイトルは、『永遠の誓い』

純白のドレスを纏った女性と。タキシードを着た男性が向かい合って立ち、お互いの目をまっすぐ見つめ合っている。

男性が金色のリングを持ち、女性の手に優しく差し出しているシーンが描かれていた。

二人の周りには、細やかに刺繍された桜吹雪、そして夜空を背景に無数の星々が輝き、そのひとつひとつが二人の誓いを祝福しているかのようだった。

「これは、すごいな……」

「はい……」

クロエの瞳は、この作品の美しさと精巧さ、そして何よりも情熱に引き込まれていた。

この作品を作り上げるのに一体どれほどの年月と情熱を費やしてきたのだろうと、気の遠くなる思いだった。

ふと、頬が熱くなっていることにクロエは気づく。

（なんてタイムリーな作品なの……）

先ほど、シャーリーと結婚の話をしていたのもあってか、桜の花びらが舞い散る中で結ばれる二人の姿に、クロエは自然と自分とロイドの未来を重ね合わせていた。

二人の間に流れる、語られない約束や深い絆を感じ取り、心の芯まで熱くなる。

しばらくの間、クロエは時間が経つのも忘れてその作品に見入っていた。

どれくらい経っただろうか。

「クロエ」

「はい」

作品に夢中で、クロエは気づかなかった。

ロイドの声が僅かに上擦っていることに。

「結婚しよう」

……。

…………。

……………。

「…………………………えっ？」

返答まで相当な時間を要してしまった。

それはあまりにも、脈絡のない言葉だったから。

驚き顔のまま、クロエはロイドの方を向く。

ロイドは動揺を隠すかのようにまっすぐ前を向いたままだった。

その横顔に、一筋の汗が伝う。

やがて観念したように息をつき、クロエに向き直って口を開く。

「突然、驚かせてしまってすまない」

そう言って、ロイドは懐から何かを取り出す。

「これを」

ロイドが差し出した物を見て、クロエは目を丸めた。

美しい刺繍が施されたハンカチだった。

ハンカチの中央に、指輪の模様が金の糸で細密に縫い取られている。

指輪に埋め込まれた小さな宝石は青の糸で美しく表現され、光を反射して輝いている。

繊細な花模様が指輪の周りを取り囲んでおり、背景は淡いピンクの糸で可愛らしくデコレーションされていた。

「さっき、ケビンさんから購入した。本来であれば、ちゃんとした指輪を贈るのが通例だとは思うが……今すぐにでも、この想いを伝えたいと思ってな」

異性に指輪を贈る意味を知らないクロエではなかった。

ごくりと、クロエは息を呑む。

真剣な表情で、もう一度、ロイドは言う。

「クロエ。俺と、結婚してほしい」

思った以上にはっきり声が出た上に、ここは刺繍展の目玉のひとつである作品を鑑賞する、比較的静かな場所で、そのはっきりとした声は響いた。

突如として行われた求婚の一コマに、周りに座っていた人々の注目が集まる。

あからさまではないものの、こちらの様子をちらちら気にしているようだった。

しかし、クロエはそれどころではなかった。

結婚──それは、夫婦になること。

夫婦として、一生涯共に過ごすことを誓う行為。

（私……今、ロイドさんからプロポーズされている……？）

その事実に、現実感がない。

しかし、心臓はばくばくと、鼓動が聞こえてくるくらい高鳴っているし、背中にはじんわりと汗が伝っている。

明らかに、クロエは動揺していた。

思わずクロエはぎゅーっと、頬をつねった。

「……痛いです」

「現実かどうか、確かめているのか？」

「あ、はい……夢じゃないかと思って……」

（ちゃんと痛みはある……夢じゃ、ないみたい……）

現実感を帯びると、胸の中に『嬉しい』が広がっていく。

ロイドが自分と結婚したいと思ってくれたこと、そしてそれを言葉にしてくれたこと。

もう、天にも昇ってしまいそうなほど嬉しかった。

目の奥が熱くなって、思わず涙が溢れてしまいそうになる。

クロエの答えは決まっていた。

——もちろんです。

（……あれ？）

開いた口が、閉ざされる。

言葉が喉まで来ているのに、突っかかったように出てこない。

心の芯にかかったモヤが、クロエの決断を妨げていた。

クロエからの返答がないのを、断りの姿勢だと受け取ったのか、ロイドの表情が徐々に暗くなっていく。

「……すまない、さすがに急過ぎたな。忘れてくれ」

「あっ、い、いえ！　違うんです、違うんです！」

沈んだ声でハンカチを仕舞おうとするロイドに、クロエはあわあわしながら言葉を口にする。

「その、あの……ちょっぴりびっくりしましたが、とっても嬉しかったです、ただ……」

俯き、目元に影を落とすクロエ。

先ほど、シャーリーと話している時、そしてたった今、確かに認識した違和感。

自分が、ロイドに多くを望まない理由にして、先ほどのプロポーズに対し即断できなかった理由を口にする。

「私、自分に自信がないんです」

ぽつりと、語り出す。

「実家でずっと、家族から否定され続けたのもあって……私には価値がない、私は人に好かれるような人間じゃないって、そう思い込んでいて……」

言えば言うほど、その事実は確かなものとなってクロエの胸を締め付ける。

だが、目を背けるわけにはいかない。

自分の心のうちの全てを話さなければならないと、言葉を続ける。

「だから、ロイドさんを好きになっていいのかって、ずっと不安でした。私なんかがロイドさんを好きになるなんて、おこがましいんじゃないかと……ロイドさんと両想いになっただけでも、天にも昇ってしまうくらい嬉しかったんです。ただ一方で、私なんかがこんなに幸せになっていいのかと、大きな不安がありました……」

それは、実家で何年もかけて心に刻まれた呪いだった。

自分は呪われた子だと、幸せになっちゃいけない人間だと言われ続け、いつしかその思考が染み付いていたクロエは、無意識に幸福を避けるような行動をとっていたのだ。

「プロポーズも、このハンカチも、とても嬉しいです……それはもう、涙が出そうになるくらい……でも、正直なところ、不安です。今の私が、ロイドさんのお嫁さんとしてふさわしいのかって、自信がなくて……」

それ以上の言葉を口にすることは許されなかった。

不意に、ぐいっと強引に顎が持ち上げられる。

ふわりと漂う、甘い香り。

そして、唇に柔らかい感触。

その瞬間、全ての音が止まった。

「――⁉」

クロエの目が大きく見開かれる。

ロイドに唇を奪われた、と気づいた時には息遣いが聞こえる距離に整った顔立ちがあった。

初めての口付けは、瞬き二回ほどの時間だった。

ゆっくりと、クロエの口を解放するロイド。

クロエを見つめる双眸には、深い愛情が浮かんでいる。

「俺はもう、君との将来しか考えられない」

クロエの瞳をまっすぐ見つめたまま、ロイドは言葉を続ける。

「俺は、クロエが好きだ。君と結婚したい、夫婦として、ずっと一緒にいたい。その気持ちは本当だ。クロエが過去のしがらみで、俺との将来が不安なら、これからも何度だって気持ちを言葉にするし、いくらでも行動として示す……これで、不安は拭えるか？」

今自分の身に起こっていることを受け止めきれず、口をぱくぱくさせるクロエにロイドは尋ねる。

クロエは顔をりんご色にしたまま。

「は、い……」

ぎこちなく、頷いた。

「それで、返事は、どうなんだ？」

緊張した面持ちで、ロイドはクロエの返答を待つ。

いつの間にか、周囲から本当に音が消えていた。

周りに座る人たちは、静かに聞き耳を立てていた。

そっと、クロエはロイドからハンカチを受け取って、大事そうに胸に抱いた後。

溢れんばかりの笑顔を浮かべ、頬に一筋を涙を伝わせて言った。

「ふつつかものですか、どうぞよろしくお願いします」

瞬間、会場の空気が一変する。

わあっと、周囲は歓声に包まれた。

「兄ちゃんおめでとう！」

「お嬢ちゃん、幸せになりなよー！」

「若いっていいねえ……」

ぱちぱちぱちぱちっと拍手する者、ロイドの肩を組む者。

皆、日常の中で行われた祝福すべきイベントに高揚しているようだった。

公衆の面前で自分たちのしたことを思い出し、二人は羞恥でいっぱいになる。

しかしクロエもロイドも、徐々に恥ずかしさよりも喜びの感情が大きくなっていった。

「これからも……どうぞよろしくお願いしますね、ロイドさん」

照れ笑いを浮かべながらクロエは言う。

「ああ、こちらこそ。よろしく、クロエ」

愛おしそうに目を細めてロイドはクロエの手を握った。

こうして、『永遠の誓い』の前で、クロエはロイドと結婚の約束をしたのであった。

✦第五章　婚約、そして……

「キス……しちゃった……」

刺繍展が終わって、帰宅後。

リビングのソファで、クロエはクッションを抱きしめぽつりと呟く。

(キスしちゃった、キスしちゃった、ロイドさんとキスしちゃった～～～!!)

顔を覆いじたばた、じたばた。

身体(からだ)の内側からさまざまな感情が溢(あふ)れ出(だ)してしまいそうだった。

ロイドからのキスはあまりにも唐突で頭が追いついていなかったが、一人になって冷静になると
あんな所でなんて大胆なことをしたのかととんでもない羞恥が湧いてくる。

ぷしゅーと、頭から湯気が吹き出る勢いだった。

「ファーストキス、奪われちゃった……」

頭の中はロイドとの口付けのことでいっぱいだ。

口付けの感触がまだ残っているような気がして、その余韻に浸るようにクロエは唇にそっと手を
当てる。

唇と唇を重ね合うという初めてのスキンシップは、クロエにとって身体ごととろけそうになるほ

ど心地の良いものだった。

なんて甘美なものなのかと、驚きすらあった。

そして何よりもロイドが将来を約束してくれた。

ロイドからもらった、指輪の刺繍が刺されたハンカチを見て、クロエは愛おしそうに目を細める。

「……嬉しい、な」

そう、本当に嬉しかった。

——俺はもう、君との将来しか考えられない。

ロイドの声を頭の中に思い浮かべるだけで、今にも天に舞い上がってしまいそうなクロエであった。

「上がったぞ」

「ひゃっ」

お風呂を済ませてリビングに戻ってきたロイドの声に、クロエはびくうっと飛び上がる。

ロイドの方は特に動揺した様子はなく、クロエの隣に腰を下ろした。

キスを、したからだろうか。

お風呂上がりのロイドがいつもより妙に色っぽく感じられる。

身体にほかほかと湯気を纏うロイドから、クロエは視線を外せなくなった。

「どうした？」

「な、なんでもありませんっ」

訊かれて、クロエは目を逸らす。

今、ロイドと目を合わせると頭が真っ白になるような気がした。

こっそりと深呼吸をして、クロエは心を落ち着かせた。

「今日は、ありがとう。とても充実した休日を、過ごすことができた」

「いえいえこちらこそ、付き合っていただいてありがとうございました。その……刺繍展、楽しめましたか？」

「もちろんだ。針作業は苦手でなんとなく距離を置いていたが、刺繍の世界も奥が深くなかなかに楽しめた」

「ふふっ、それなら良かったです」

笑みを溢すクロエに、ロイドは恥じらいを隠すように頭を掻いてから。

「それと改めて……結婚を承諾してくれて、ありがとう」

「そ、それこそ、こちらこそですよ……プロポーズしてくださって、ありがとうございます……」

「……とりあえずこれで、俺たちは婚約者同士になった、ということでいいのだろうか」

「そう、ですね。婚姻契約書？　でしたっけ、それを提出するまでは……婚約者、だと思います」

婚約者、と口にするだけでニヤけそうになるクロエ。

一方で、ロイドは一仕事を前にしたように息をつく。

「結婚式の準備や書類作成、やることが山積みだな……」

「結婚式……」

「クロエは式を挙げない派なら、形式的なものだけでもいいが」

「あっ、いえっ、えっと……」

結婚式という催しに憧れがないかといえば嘘になる。

いや、むしろ挙げたい、という気持ちは強くあった。

(でも、お金もたくさんかかるだろうし……そんな簡単に、やりたいですって、言っていいのかどうか……)

「クロエ」

言葉を詰まらせるクロエの心のうちを察したロイドが、迷いを浮かべる瞳を覗き込んで尋ねる。

「本心は?」

「………したいです、結婚式、はい……」

「なら、しよう」

あっさりと言ってのけたロイドに目を丸めるクロエ。

「一生に一度きりなんだ。俺も……クロエとの結婚式を挙げたい」

「ありがとうございます……嬉しい、です」

真剣な表情で言うロイドに、クロエは照れ臭そうに感謝を口にした。

「……と言っても、察しの通り式に関する知識は全くない」

結婚式を挙げると言っても何をすれば良いのか、世間に関する常識に乏しいロイドには難題であった。

「だから明日、副団長に色々聞いてみようと思う」

「ありがとうございます。私も、聞けそうな大人の方に聞いてみますね」

「助かる」

こうして、式を挙げる方向に話は進んでいくこととなった。

◇◇◇

「というわけで、クロエと結婚することになりました」

「いや、急だな⁉」

翌日の昼、訓練場の控え室にて。

ロイドが昨日の事の顚末(てんまつ)を話し終えた途端、フレディが盛大に突っ込みを入れた。

「クロエちゃんとの将来を考えてやれとは言ったけど……まさかこんなに早くプロポーズするとは……」

顎に手を添えるフレディ。

「恋人同士になったばかりだし、普通はもう少し時間をかけて判断するものだが……まあ、お前ら二人に限って、実は舞い上がっていただけで、お互いの良い部分しか見えていませんでした、みたいなことはないだろうし……これはこれでいいのか」

小声で呟(つぶや)くフレディに、ロイドは言う。

「将来を考えるならクロエしかいないので、早い方が良いと思いまして」

「お前、完全にクロエちゃんにぞっこんなんだな」

「クロエ以外はもう、考えられませんね」

「〝漆黒の死神〟と恐れられていたお前が結婚するとはな……一年前のお前に聞かせてやりたいよ」

フレディは苦笑を浮かべる。

「ロイド様！　結婚おめでとうございます！　とりあえず、指輪を贈らないとですね！」

「お前こっそり全部聞いてたのか」

いつの間にかやってきたルークに、フレディが呆れたように言う。

「ロイド様！　良ければウチが贔屓にしているラグジュアリーショップで指輪を買いませんか？　宝石が専門の老舗とあって、綺麗な指輪をたくさん取り揃えておりますよ！」

「遠慮しておく」

「えぇー!!　即答!?」

「ルークと違って俺は庶民だ。巨大な宝石のついた婚約指輪を提案されても購入することはできない」

「そんなもの勧めるわけないじゃないですか！　絶対に使い勝手悪いですよ！」

「入学式にもかかわらず、全身をジャラジャラと高そうなアクセサリーで着飾っていたお前が言っても説得力がない」

「うぐっ……それを言われると痛いっ……」

言葉を呑み込むルークであった。

「まあ、結婚に関する面倒事は色々教えてやるから心配するな。結婚は社会的な契約だからな。二人の心だけじゃ済ませられない、お堅い事務作業が割とある」

「ありがとうございます、副団長」

「結婚式には、呼んでくれよ？」

「ええ、もちろんです」

ロイドが頷き、フレディは小さく笑みを浮かべた。

「ロイド様！　僕も僕も！」

「…………」

「ええっ⁉　なんでやっぱりダンマリなんですかー⁉」

「俺から一本取ったら、考えてやらないこともないぞ」

「本当ですか⁉　よし！　素振り行ってきます！」

うおおおっと、気合十分に訓練場へと駆けていくルークの後ろ姿に、フレディは肩を竦めた。

「可愛い後輩を持つと大変だな」

「根性だけはある奴なので、期待はしていますよ」

そう言うロイドの肩に、フレディはぽんっと手を置いて。

「何はともあれ……絶対にクロエちゃんを幸せにするんだぞ」

「ええ、もちろんです」

フレディの言葉に、ロイドは深く頷くのであった

「……という感じで、プロポーズされまして」

夕方の公園で、クロエがサラに昨日の顛末を話している。

「私、ロイドさんと結婚することになりました……って、どうしました、サラさん？」

顔を真っ赤にしぷるぷると震えるサラにクロエが心配そうに尋ねる。

「だ、大丈夫、大丈夫よクロエちゃん……ううん、大丈夫じゃないかもしれない……」

口を押さえ、サラは悶絶（もんぜつ）していた。

「そんなにピュアッピュアなプロポーズ、聞いたことがないわ……リアル『騎士と恋』を見ているような気分だわ……」

そう言ってサラは真顔になり、まるでありがたい神を拝むかのように手を合わせて。

「ご馳走様、クロエちゃん」

「な、何がですかっ？」

深々と頭を下げられてわたわたするクロエであった。

「何はともあれおめでとう、クロエちゃん。私としては、二人の結婚を心から祝福するわ」

「ありがとうございます、サラさん……改めて言われると、恥ずかしいですね」

照れ臭そうに頬を掻くクロエ。

「それにしても、ロイドさん、思い切ったわね。二人とも、この前付き合い始めたばかりでしょう？」

「そうですね、私もびっくりしちゃいました」

「クロエちゃんは……良かったの？　その、普通は半年か一年くらい付き合って、じっくり相手を見てから結婚……という流れ」

「普通はそんなに長いんですね⁉　といっても、私は、結婚をするならロイドさんしかいないかなって思っていたので、むしろこんなに早くロイドさんにプロポーズされるなんてと、とても嬉しかったです」

ぴかーっと、太陽にも負けない笑顔で言うクロエ。

「うっ……眩しいっ……」

「サラさんっ……⁉」

陽(ひ)の光を浴びた吸血鬼みたいに両目を覆うサラ。

「ごめんなさい……あまりに純粋な心を目の前にして失明しかけてしまったわ……」

「だ、大丈夫ですか？　その、目は大切にしてくださいね？」

そんなやりとりをしていた二人の元に、ミリアがオセロを胸に抱いてやってくる。

「おかーさん、結婚って何ー？」

不思議そうに首を傾げるミリアに、サラは屈(かが)んで言った。

「結婚というのはね……大好きな人と、一生一緒にいるという約束をすることよ」

「大好きな人！　じゃあ私、おかーさんと結婚するー！」

「あらあら、嬉しいことを言ってくれるわね」

頬を綻ばせながら、ミリアはサラの頭を撫でた。

その様子を見てクロエは笑みを溢しつつも、胸の辺りがちくりと痛んで目を伏せた。

「どうしたの、クロエちゃん？」

「え？」

「何か、不安そうな顔をしていたから……」

クロエの表情の微妙な変化を感じ取ったサラが尋ねる。

「ああっ、えっと、その……なんというか、幸せそうでいいな、と思って……って、何言ってるのかわかりませんね。すみません、自分でもよくわからなくて……」

あはは、と苦笑を漏らすクロエに、サラは考える素振り（そぶり）を見せた後。

「つまり、ロイドさんと幸せな家庭を築くことができるのか、不安がある……という感じ？」

どきんっと、心臓が冷や水を浴びせられたみたいに跳ねる。

「あ、図星を突かれたって顔してる」

「多分、当たっていると思います……」

そもそも幼い頃から迫害されてきたクロエには、幸せな家族というものがわからない。

それゆえの憧れがありつつも、果たして自分が幸せな家庭を築けるのかという不安があった。

「どうしてわかったのですか？」

「わかるわよ～。結婚するということは、家族になるということ。ただの恋人同士の時と違って社会における責任も、生活にかける比重も大きくなってくる、大きな変化なの。だから不安を感じるのは、当たり前のことよ」

そう言ってから、サラは懐かしそうに目を細めて言う。

「私も、主人と結婚する時は悩んだことだわね」

「そ、そうなんですか？」

クロエの中でのフレディに対する印象は、ノリが軽そうだけどサラとミリアを溺愛している良いお父さんといったものなので、意外に感じた。

「私と出会うまでの主人は街でも有名な遊び人だったから……結婚して、この人はちゃんと落ち着けるのかって、不安はあったわ。結果としては落ち着いてくれたから、良かったけど……」

「フレディさんが落ち着いたのは……サラさんが、とても魅力的な女性だったから、だと思いますよ」

「あらあら、クロエちゃんも嬉しいこと言ってくれるわね。今日は私の誕生日だったかしら？」

冗談めかして言ってから、クロエは続ける。

「でもそれで言うと、クロエちゃんもとっても良い子だし、魅力的な子だから……こんな素敵な子と一緒になれて、ロイドさんは幸せよ」

「うう……ありがとうございます、そう言ってくれるのは嬉しいのですが……どうなんでしょうね……」

自嘲気味にクロエは溢す。根本にある、自分に対する自信のなさ。

王都に来てからの生活でロイドにたくさん肯定されてきたり、ロイドから、クロエのことがどれほど好きなのか語ってもらってたりして、多少は前向きになっているものの、やはり心に刺さった不安を全て取り払うことはできない。

(多分……これからも一生付き合っていかないといけないこと……)

だけど、悲観するものでもないとクロエは思った。

自分はそういう人間だという俯瞰的な見方ができるだけで、多少なりとも感情に流され自己嫌悪に陥ることはなくなる。

それだけでも大きな成長だと、クロエは思うことができた。

「きっと、大丈夫よ」

ぎゅっ……とサラがクロエの手を握って、まっすぐ目を見て言う。

「クロエちゃんとロイドさんなら、きっと幸せな家族になれる。根拠はないけど、そんな気がするわ」

「ありがとう、ございます……良い家族になれるよう、頑張ります……」

クロエが微笑むと、ミリアが尋ねてくる。

「お猿のおねーちゃんは、おにーちゃんと結婚するのー?」

「うん、そうよ」

「やっぱりー！　絶対にそうだと思った！」

「絶対……？」

ミリアがロイドを見たのは、以前、サラの家の夕食会にお呼ばれした際のこと。

その時は家政婦と雇用主という関係で、恋人同士でもなんでもなかった。

「だってお猿のおねーちゃんとおにーちゃん、お似合いだったもん！」

子供特有の純粋な言葉でミリアが言うと、オセロもにゃーんと声を上げた。

「ほら、ミリアとオセロもそう言ってるわ」

「や、やっぱり照れますね……」

微笑ましげに言うサラに、クロエははにかんだ笑顔を見せた。

——その時だった。

不意に、ぴんと糸を張ったような緊張感が身体に走る。

反射的にクロエは振り向いた。

それからきょろきょろと辺りを見回す。

「どうしたの、クロエちゃん？」

「いえ……」

何やら、視線を感じたような気がしたが。

（気の、せい……？）

目に映るのは、いつもと同じなんの変哲もない公園の光景。

なんだったんだろうと、クロエは首を傾げた。

「それじゃ、明かりを落とすぞ」

「はい、お願いします」

ごそごそと、衣擦れの音。

ぴとりと、ロイドにくっつくクロエ。

夜、今日も二人はひとつのベッドで一緒に寝る。

それは、もはや日常的なルーティンとなっていた。

「……ふふっ」

ロイドのそばで、クロエが笑みを溢す。

「どうした？」

「いえ……なんだか、不思議だなって、思って」

懐かしむように、クロエは言う。

「一番初めは、家出して素性の知れない私と、善意で匿ってくれたロイドさんという距離のあった関係が、今はこんなにも近い……」

そっと、ロイドの身体に触れてクロエは言う。

「王都に来たばかりで、お金も身寄りも生きる気力もなかったあの時の私は、ロイドさんと出会ってなかったら多分、その辺で野垂れ死んでいたと思います。そう考えると……人生、何があるかわからないなって」

「……出会った頃と比べると、クロエは変わったな」

「そう、でしょうか？」

「ああ。当初は事あるごとにビクビクしていて、自信もなさげだった」

「そ、それは否定できませんね……」

「出迎えの時に深々と土下座をしていたのは、今でも鮮明に思い出せるぞ」

「あっ、あれは……それまで普通だと思っていたからで……うう、忘れてください……」

気恥ずかしさから布団に顔を埋めるクロエに、ロイドは言う。

「だが、その時と比べると……クロエは、明らかに変わった。自分の意見をしっかり言うようになったし、自信もついたように見える……そして何よりも、明るくなった」

「それは、ロイドさんのおかげですよ」

ロイドに身を寄せて、クロエは言う。

「ロイドさんが……私を肯定してくれたから、私の本心を引き出してくれたから……だから、変わることができたんです」

「なるほど……少しでも助けになったのなら、何よりだ」

「少しどころじゃないですよ、たくさん、です……」

それは、嘘偽りない言葉だった。

「ロイドさんも、変わりましたよ」

「そうか？　俺こそ、あまり自覚がないが……」

「出会った当初のロイドさんは、なんというか、あまり表情が変わらないといいますか、感情の起伏が少ないといいますか……少し、硬い印象だったんですけど、今は……」

薄暗闇の中にぼんやりと浮かぶロイドを見て、クロエは言う。

「表情も、感情も、とても豊かになったような気がします」

クロエの言葉にロイドは目を瞬かせていたが、やがて愛おしそうに細めて。

「……それこそ、クロエのおかげだ」

ぽん、と布団越しにクロエの身体を優しく叩いてロイドは言う。

「クロエと出会う前の俺は……味気のない日々を送っていた。喜びも楽しみもない、だから感情も表情も動かない。ゆえに、怖がられることの多い人間だった。あまり自覚していなかったが、話しかけづらい振る舞いをしていたのだと思う。騎士団の中でも、俺と仲良くしようと思う奴は副団長以外にいなかった」

淡々とロイドは続ける。

「だが、クロエと一緒に過ごしているうちに、変わっていった。クロエのおかげで、俺は今まで自分が知らなかった感情を知った。嬉しさや楽しさ、そして何よりも愛おしさ……だから、表情や言動も柔軟になっていったんだと思う」

「あ、ありがとうございます。そう褒めていただけるのは嬉しい、ですが……」

僅(わず)かに考えてからクロエは言う。

「多分、私はきっかけを作っただけですよ。元々、ロイドさんは優しくて、明るくて、面白い人だったんです……生まれつきあった感情が、何かしらの理由で抑圧されていただけで……」

そこまで話したところで、クロエはハッと言葉を呑んだ。

ロイドの表情に僅かな苦悶が浮かんでいたから。

クロエは察した。おそらく、ロイドの感情が抑圧されていた理由は、辛い過去が絡んでいる。

「……ご、ごめんなさい、嫌なことを思い出させてしまい」

「いや……気にするな」

しばし無言の後、ロイドが口を開く。

「似たもの同士と、以前クロエは、俺に言ったことを覚えているか？」

「あっ、はい、特に深い意味はなかったような気がしますが……」

「先日、クロエは俺に明かしてくれた。自信がなくて、自分は人から好かれるような人間じゃない、人を好きになってはいけないと思っていると」

「……そうですね、お恥ずかしい限りですが……」

「俺も……」

ロイドが拳を握り締める気配。

「……俺も、自分は人に好かれるような人間じゃない、人を好きになってはいけない。そう思っている」

その言葉が部屋に落ちた途端、確かな空気の変化をクロエは感じ取った。

ごそごそと、ロイドがこちらを向いて、口を開く。

「俺がずっと話していなかったことを、クロエに明かそうと思う」

瞬間、身体に緊張が走る。

話していなかったこと——それは、先日公園で話した際、最後まで語られなかった、『ロイドが抱えていること』だろう。

——以前、私が聞かされたロイドさんの生い立ちも相当なものでしたが……まだ、私に明かしていない過去はたくさんあって、それで、ロイドさんは苦しんでいるんじゃないかって……さすがに想像のしすぎですかね……？

——いや……おおよそ当たっている、当たっているが……その話は、もう少しだけ待ってほしい。

そんな言葉をクロエが思い出している中、ロイドがぽつりと語り出した。

（話すなら、今しかないな……）
ベッドの中、クロエを前にしてロイドはそう思った。
ずっと今まで口にしなかった、自分の心の底に張り付く、鉛のように重い過去。
おそらく、自分の感情が抑圧されるに至った決定的なエピソードについて、話しておかないといけないとロイドは思った。

このままずっと黙っていても、クロエはきっと許してくれるだろう。

しかし、この過去が原因で今まで何度もクロエを心配させてしまっている。

それに、クロエは自分のことを包み隠さず明かしてくれているのに、自分だけ心のうちに秘めていることは、もう耐えられなかった。

「俺が幼少期から何年もの間、革命軍の戦闘員として育てられたことは、以前話したと思う」

「はい……」

幼い頃、ロイドの両親は馬車の事故で亡くなった。

本来、両親のいなくなった子供は国の保護施設に預けられるが、ロイドは誘拐され、〝工作員養成所〟と呼ばれる施設に入れられる。

その施設はローズ王国の政府に反抗する過激派組織が運営しており、身寄りのない子供たちを洗脳し、戦士として鍛え上げるという所業が行われていた。

ロイドは革命軍の一員として育てられ、ジャングルでのサバイバル訓練や危険な動物との戦闘、さらには訓練生同士の死闘が行われていた……これらが、以前クロエに話した内容である。

ロイドはそう前置きをして、深く息を吸い込み、心の奥底に封じ込められていた過去を明かし始めた。

「革命軍のメンバーとして育てられる中で、俺に良くしてくれた人がいた。俺より五つほど年上の女性で、先輩だった。施設の中での日々は熾烈(しれつ)を極めていて、大抵の人間は荒(すさ)んでいくものだったが、彼女だけは違った。優しく、誰のことも慈(いつく)しむような心を持つ人だった」

ロイドの瞳の奥には懐かしさと、苦い後悔が交錯している。

「今思えば俺は先輩に、子供心ながら憧れていた……のだと思う。行動を共にすることもよくあった。彼女も、年少者の俺を気にかけてくれていた。先輩がいたから……あの地獄のようなを日々を耐えられた、部分もある」

ぎこちなく語るロイドはそこで一旦言葉を切る。しばらくの沈黙の後に続く言葉が、それまで懐かしげなエピソードを話しているだけだった空気を一変させた。

「施設では、ある一定のレベルに達すると『死練』と呼ばれる戦いが義務付けられていた。同じレベルの子供同士を戦わせて、どちらか一方が死ぬまで戦い続ける。……同じ日々を切磋琢磨した相手を倒してこそ、一人前の戦士となれる、という大人の思惑があったのだと思う」

クロエが息を呑んだ。

ロイドの口から語られる、あまりにも残酷で悲惨な強要に言葉を失っているようだった。

「俺が今、この場にいるのは……つまりそういうことだ。俺は、『死練』を生き残った。そしてその『死練』の相手が……その先輩だった」

ロイドの手が、無意識に握り締められた。

その表情には、苦痛が浮かんでいる。

「当時の俺は、歳(とし)のわりには剣の才があった。同世代の誰よりも強かった。だから、先輩が相手になった」

ロイドは一瞬目を閉じ、言葉を続ける勇気を振り絞る。

「先輩は、俺よりも技術も経験も上だったはずだ……それまで、何度も訓練を共にしたからわかる。正直俺は、死を覚悟していた。だが……俺は勝った」

一拍置いて、ロイドは言う。

「俺は……先輩を、この手で殺した」

ロイドの声が、絞り出されるように低くなる。

「その日からだ。俺の中で、確かな変化が起こったのは。クロエの言うところの、感情の起伏というものがめっきり減ってしまった。楽しい、嬉しい、悲しい、辛い……そういった感情が希薄になった。そのおかげか、戦いの中でも剣に迷いがなくなって……俺の剣士としての腕は目に見えて上達した。皮肉なものだがな」

自嘲気味に言ってから。ロイドは自分の手を布団から出し、じっと見つめながら言う。

「この手は、血で濡れている。先輩を殺（あや）めた俺が、幸せになって良いはずがない。誰かに愛される権利も、愛する権利もない……ずっと、俺はそう思って……」

言葉を最後まで口にすることは、許されなかった。

ロイドの身体が、クロエによって引き寄せられていたから。

「……クロエ？」

ロイドが、驚きを含んだ声を漏らす。

「話してくださって……ありがとうございます」

ロイドを包み込むように抱きしめたまま、クロエは言葉を続けようとするが、駄目だった。

「うっ……えっぐ……」

「ど、どうした、クロエ……？」

ロイドの問いに、クロエは頭を振る。

答えられなかった。自分でもよくわからなかった。

ロイドが明かしてくれた話を聞いて、心が引き裂かれるような痛みが走った。

頭の中にさまざまな感情が、洪水のように押し寄せた。

話しただけでも深く傷ついたであろうロイドを、クロエは抱きしめるしかなかった。

以前にも同じようなことがあった。

フレディの家での夕食会の後、公園でロイドが初めて自分の生い立ちを話してくれた時も、クロエはいたたまれなくなってロイドを抱きしめた。

その時よりも、クロエの感情は強く掻き乱されていた。

「ごめんっ……なさい、私には、これくらいしかできなくて……」

「いいや、十分だ……」

クロエの抱擁を、ロイドは受け入れた。

しばらくして、クロエの心の荒波が落ち着いてくる。

身を預けている中で、ロイドが言葉を口にする。

「今も、わからないんだ。俺よりも強かった先輩が、なぜあの時、負けたのか……」

悲痛に満ちた声。

「剣を交わし合わせればわかる……あの時の先輩は、明らかに手を抜いていた。普通にやれば、自分が生き残ることができたのに……それなのに……先輩は負けた。そして死に際、俺に言ったんだ……よかった、と」

ぽつりと、ロイドは疑念の確信を呟く。

「一体何がよかったのか、今もわからな……」

「多分先輩は、わざと負けたんだと思います」

気がつくと、言葉を被せていた。

頭より考えるより先に、とある確信が湧いていた。

「……なぜ、そう思う？」

「私は……ロイドさんの過ごしてきた日々も、先輩のことも知らないので、想像でしかないんですが……多分、その先輩は……ロイドさんに、生きてほしかったんですよ。それで、最終的に。ロイドさんが生き延びる結果になった……それを『よかった』と、先輩は言ったんだと思います」

「どうして……」

「ロイドさんのことを、好きだったから」

胸の中で、ロイドが言葉を詰まらせる。

「多分、それが理由だと思います……」

沈黙。しばらくして、濡れた声。

「なるほど、な……」

嗚咽（おえつ）。クロエの寝巻きを握る手に、力が込められる。

「今なら、わかる。やっと、わかった……」

その先は、言葉にならなかった。

何年もの間、ずっと心に抑え込んできた感情が溢れ出したかのように、クロエの胸の中で、ロイドは声を押し殺して泣いた。

クロエが初めて見る、ロイドが声を上げて泣いた姿だった。

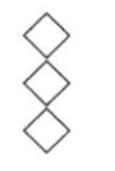

長い、長い時間をかけてロイドの涙は収まった。

落ち着いてから、二人は一旦、布団から出た。

「ロイドさん、どうぞ」

「ありがとう」

クロエが汲（く）んできた水を受け取って、ロイドは礼に口にする。

涙で乾いた身体を潤し、ロイドは頭を下げた。

「……すまない、取り乱した」

「いえいえ、お気になさらずです」

胸の前で手を振るクロエだったが、ロイドの方はそうもいかない。

大の大人のくせに、クロエの前で年甲斐（としがい）もなく涙を見せてしまった。

そのことに気恥ずかしさを隠せないロイドであった。

「本当はもっと早く明かすべきだったが……打ち明けるタイミングを失っていた、本当に申し訳ない」

「仕方がないですよ……聞いている私ですら、辛くなるような話でしたもん。むしろ……話していただいて、ありがとうございました」

ロイドにとっておそらく、一生涯誰にも明かしたくないほど、重い過去だったはずだ。

それを包み隠さず話してくれたロイドに、クロエは感謝の気持ちでいっぱいだった。

「ロイドさんは……幸せになって、良いと思います」

そっと、ロイドの手に自分の掌を添えて、クロエは言う。

「過去は、そう簡単に乗り越えられるものじゃないです。それは私も、よくわかります。今でも、怖いです。ある日突然、お母様がやってきて、実家に連れ戻されるんじゃないかって……考えるだけで、身体が震えてしまいます」

ロイドと同様、クロエにも暗い過去がある。

呪われた子として、迫害されてきた過去が。

「でも……過ぎた過去は変えられません、悔やんでも、悩んでも、過去が変わることはないんです。できることは、ただ前を向いて歩いていくこと、それしかないんです。王都に来て、ロイドさんと出会って……私はそれを、たくさん学びました」

呪われた子だと存在を否定されてきたことが原因で、クロエの王都での生活は当初嚙み合わないことが多かった。

何をしようにも、後ろ向きな気持ちになる、自己否定の言葉が止まらなくなる。

ロイドに対する想いが募っても、それを口にすることができない。

そんな不具合が、多々あった。だが、ロイドと過ごすうちに、変わっていった。

過去に囚われることは少なくなって、文字通り前を向いて日々を過ごすことができ始めていた。

「嫌なことや辛いことは、楽しいこと、嬉しいことをたくさん作れば、少しずつ和らいでいきます。もちろん、完全になくなることはありません。ある程度は付き合っていくしかないですが、それでも……幸せになれない、なんてことはないと、私は思います」

「そう、だな……」

先ほどまでの悲痛が抜け落ちた、どこか晴れ晴れした声でロイドは言う。

「君のおかげで、俺は何度救われたことか……本当にありがとう、クロエ」

「ふふっ……お互い様ですよ」

そっと、クロエはロイドに身を寄せる。

その小さな肩を、ロイドは引き寄せるように抱いた。

「俺たちが出会ったのは、運命だったのかもしれないな」

「確かに、ですね」

思い返すと、クロエもロイドも、お互いに暗い過去を抱えている。

本来、人として当たり前に享受できるはずだったものも欠けている。

そんな、欠けている者同士が、灰色の人生の中で出会った。

出会って、一緒に暮らして、恋をして、お互いの心の深いところで繋（つな）がった。

まさしく、運命というほかない出来事であった。

「クロエと出会えて、本当に良かった」

「私も……ロイドさんと出会えて、良かったです」

見つめ合う。問いかけも何も必要なく、自然と距離が近づいていく。

ゆったりとした時間の中、唇と唇が触れ合う。

「んっ……」

上擦った声が漏れる。昨日、『永遠の誓い』の前でされたような、触れるようなキスではない。

深く、濃厚で、求め合うような口付けは、たっぷりと時間をかけて行われた。

ゆっくりと、クロエから口を離す。

「……大丈夫か？」

ロイドの問いかけに、クロエはこくりと頷き。

「心地が良すぎて、蕩（とろ）けてしまいそうです……」

どこか艶っぽい声がクロエの口から漏れた途端、ロイドの理性の糸が解けた。

気がつくと、ロイドはクロエに覆いかぶさるような体勢になっていた。

「クロエ……すまない、もう、我慢できそうにない……」

普段のロイドらしからぬ、余裕のない声、呼吸も浅くなっている。

クロエは直感的に、これから起こるであろう出来事を察した。

二人しかいない世界で、もはや言葉は必要なかった。

月明かりが照らす部屋の中、ロイドの影が少しずつクロエに近づいていく。

ロイドの優しい手つきに、クロエはその身の全てを預けたのであった。

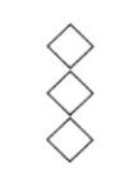

ちゅんちゅんと、小鳥の唄声が聞こえてくる。

気持ちの良い微睡の中、クロエはゆっくりと目を開いた。

「ん……」

起き上がろうとすると、いつもよりも身体が重い。

決して嫌な疲労感ではなく、運動をして汗を流した後のような心地よさがあった。

「あれ……あれれ……？」

起き上がってから、自分が一糸纏わぬ姿であることに気づき混乱する。

しかしすぐ、昨晩の出来事を思い出し合点がいった。

「あ……そうか、私……」

ぼんっと、頭から湯気が出た。

思わず布団で隠してしまった顔は真っ赤で今にも火を吹きそうだ。

「ううぅ……うううぅぅぅ～～～……」

身体を丸め、クロエはジタバタと震えた。

昨晩、クロエはロイドとひとつになった。

さほど心の準備もなく、雰囲気と流れに身を任せた末の情事だったため、いざ冷静になって思い返してみると羞恥でどうにかなりそうだった。

しかし、後悔はなかった。

むしろその逆で、心の中がぽかぽかと温かい。

今の心境を表すと、満たされている、という表現が的確かもしれない。

（すご、かったな……）

昨晩のロイドの様子を思い出して、クロエは昨晩のロイドの様子をクロエはぼうっと思い出す。

サラが言うところの〝そういうこと〟に全く興味が無いかと思っていたロイドだったが、そんなことはなかった。クロエは、されるがままであった。

（ううっ、やっぱり、恥ずかしい……）

また、布団を被って身悶(みもだ)えした。

一方的だったクロエだったが、クロエも決して抵抗しなかった。

むしろ自分からロイドを求めていた。

理性なんて完全に吹き飛んで、ただただ生物としての本能のまま乱れていた。

普段の自分からは想像のできない姿だった。

自分にこんな一面があったのかと、驚きは大きかった。

すると、脇腹にそっと温もりが触れた。

「ひゃうっ……!?」

思わず背筋をピンと伸ばして横を見る。

「おはよう、クロエ」

生まれたままの姿のロイドが、上半身を布団から出してこちらを見ていた。

寝起きにしてはパッチリと開いた双眸は澄んだエメラルド。

綺麗な鼻筋、整った顔立ち。

何度見ても、じっくり見ても、ロイドはかっこいいとクロエは心から思う。

昨晩、この人と一緒になったと思うと胸のドキドキが収まらない。

「お、おはようございます、ロイドさん……その、いつから起きていましたか?」

「クロエが目覚める、ほんの少し前だ」

また顔から火を噴きそうになった。

「……今すぐ家を飛び出したいです」

「さすがに服は着ないとまずいと思うぞ」

「あああっ……そうですね、確かにその通りです……服、服……あれ、どこに……？」

きょろきょろと周りを見回すクロエ。

その傍ら、ロイドが身体を起こしてクロエの両肩に手を添えた。

「それよりも、大丈夫だったか？　どこか、痛いところとかは……」

「だ、大丈夫です……」

消え入りそうな声、思わず口元を緩ませながらクロエは言う。

昨晩のロイドは凄まじかった。しかし一方で、優しかった。

決してクロエが嫌がることはしようとしなかったし、最後までずっとクロエを気遣う言葉をかけ続けてくれた。

ロイドに抱きしめられながら、心地良い疲労感と一緒に眠りに落ちたあの瞬間の多幸感は、一生忘れることはないだろう。

「良かった……初めてだったから、心配だった」

「ご配慮、ありがとうございます……その、私の方こそ、大丈夫でしたか？　私も初めてだったので……」

「ああ」

ぽん、とクロエの頭に手を置いて、ロイドは言う。

「可愛かったぞ」

「あぅ……」

褒められて、ホッとしたのやら、嬉しいのやら、恥ずかしいのやら、さまざまな感情が湧いてきた。

目を伏せ、頬をさくらんぼ色に染めるクロエに、ロイドはそっと顔を近づける。

柔らかく、湿った感触が唇に触れる。

朝の挨拶のような口付けに、クロエは目を閉じて応えた。

顔が離れて、しばし見つめ合う二人から、自然と笑みが溢れる。

心を通じ合わせる二人の、幸せな朝の一コマであった。

「とりあえず、起きるか」

「そうですね。あっ、ありがとうございます」

どこからか寝巻きを見つけ出して渡してくれたロイドに、クロエは感謝を口にする。

今日もロイドは仕事だ。

このまま余韻を楽しんでいては遅刻してしまうと、クロエは頭を切り替えた。

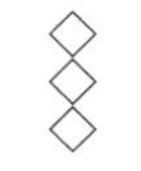

その後は何事もなくお弁当を作り、二人で朝食を食べ、ロイドを仕事に送り出した。
昼下がりに、クロエは家を出てシエルのお店へ食材を買いに行く。
「クロエちゃん、おめでとうさね！」

シエルに、ロイドとの結婚のことを報告した途端、シエルはクロエの手を取ってぶんぶんと振った。

シエルは心から、クロエとロイドの結婚を祝福してくれているようで、満面の笑みを浮かべている。

「ありがとうございます！　シエルさんのおかげですね」

クロエは思い返す。

あの日、刺繍展に行っていなければ、二人の関係がここまで進んでいなかったかもしれない。

その刺繍展に誘ってくれたシエルに、クロエは改めて感謝を口にした。

「なーに言ってんだい、私は何もしてないさね！」

腰に手を当て豪快に笑うシエル。

「私は些細なきっかけを作ったに過ぎないさね。私が誘おうが、誘うまいが、二人はそう遠くないうちに結婚したと思うさね」

「そ、そう、でしょうかね……？」

「きっとそうさね！　私の目に狂いはないさね」

自信満々に言うシエルに、クロエは納得を覚えた。

「よっし！　今日はクロエちゃんの結婚祝いだ！　なんでも好きなものを持っていきな！」

「えええっ⁉　ちょ、ちょっとそれは……この前もサービスしていただいたのに……」

「そんな、申し訳なさそうな顔をしなくていいさね」

目を細め、真剣な表情でシエルは言う。

「私は心から、クロエちゃんの結婚を嬉しいと思っている。だから、言葉以外にも、お祝いを贈りたい。

だから、受け取ってくれると嬉しいさね」

もう随分と付き合いも長くなったから、クロエはわかる。

ここで受け取らない方が、シエルを悲しませてしまうと。

「うう……ありがとうございます、今日もお世話になります……」

「そうこなくっちゃ！」

嬉しそうにシエルは笑った。

自然と、クロエの口元にも笑みが浮かぶ。

自分の幸せを、心から祝福してくれる人がいる。

それだけどれだけ素晴らしいことかを噛み締めるクロエであった。

第六章 最後の戦い

「今日のメインは七面鳥の丸焼き……私も、食べるのは初めてね……」

シエルの店からの帰り道、クロエはるんるんと歩いていた。

結局、あれもこれもとシエルが色々持たせてくれたため、クロエのリュックはパンパンである。

おそらく店で一番高い商品のひとつである、両手で抱えるほど大きい七面鳥もシエルは持たせてくれた。

それは、リュックの口から足の骨の部分が飛び出してしまうほどの大きさであった。実家で何度か七面鳥を調理したことはあるが、いつも自分以外の家族が食べていたため味を知らない。

「ふふ、楽しみ……」

豪勢な今夜の夕食にわくわくが止まらない。それから、夕食を食べて『美味しい』を口にしてくれるロイドを想像して、クロエの胸は弾（はず）んでいた。

不思議と足取りが軽くなって、いつもより早く家に帰ってきた。

「ただいま」

玄関で靴を脱ぎながらクロエは言葉を口にする。

家に誰もいないのはわかっていても、『いってきます』『ただいま』は欠かさない。

先ほどシエルに教えてもらったレシピを頭の中に思い浮かべながら、クロエがリビングに向かっていると。

「おかえり、クロエ」

「……!?」

誰もいないはずのリビングで、声が弾けた。

瞬間、クロエの息が、止まった。

つま先から頭のてっぺんにかけて、ぞわぞわと寒気が走る。

心臓は一瞬にして破裂しそうなほど鼓動を速くする。

ロイドといる時のようなドキドキではない。毒蛇を目の前にしたような、恐怖の鼓動だ。

恐る恐る、首を横に向ける。

いつもロイドと肩を並べているソファの上に、そろそろ初老に差し掛かる年齢の女性。

見覚えのある豪華なドレスを身につけた、その女性は。

「お母、様……」

「久しぶりね」

クロエが震える声を漏らすと、女性――母イザベラは、ニタァ……と口角を歪(ゆが)めた。

悪夢の続きを見ているのかと、クロエは思った。

目の前に、イザベラがいる。

実の娘でありながら、背中の痣が理由で『呪われた子』だとして育児を放棄。

そして大きくなったクロエを日常的に罵倒し虐げていた張本人。

ナイフを手に殺そうとしてきたイザベラが、目の前にいる。

あまりに唐突な出来事に、クロエの頭が真っ白になる。

足はガクガクと震え、その場から動くことも叶わない。

「どうしてここが、という顔をしているわね」

勝ち誇ったような笑みを浮かべてイザベラは言う。

「リリーに教えてもらったの。お前が行きつけのお店があるって。そこでお前を見つけて、後を尾(つ)けたの」

思い出す。数日前、公園で誰かに見られているような視線を感じたことを。

(あれは、お母様の……)

答え合わせをしていると、イザベラが立ち上がる。

そして、ゆっくりとこちらに近づいてきた。

逃げ出そうにも、身体(からだ)が固まって動けない。

母は、以前より随分老け込んだように見えた。

目はどこか虚(うつ)ろで、自我を保っているようには見えない。

手を伸ばして触れられる距離で、イザベラは立ち止まった。

「なんの、用ですか……？」

やっとのことで、クロエは声を絞り出す。

ピクリと、イザベラの眉が動く。

「呪われた子のくせに、偉そうに。どうして来たかなんて、そんなの決まっているでしょう？」

「……!?」

低い声で言って、イザベラは懐から包丁を取り出した。

よくよく見ると、その包丁は普段自分が調理に使っているもの。

血の気がサーッと引いていく。

「お前を殺すためよ！」

窓が割れんばかりの叫び。

瞬間、イザベラが包丁を振りかぶった。

フラッシュバックする。

実家を逃げ出したあの日、イザベラが振り上げたナイフが。

「ひっ……」

生への本能がクロエの硬直を解いた。

咄嗟にクロエは倒れ込むようにして身体を横に移動させる。

重たいリュックに重心を引かれたのも幸いして、クロエはイザベラの包丁を避けることができた。

避けられると思っていなかったのか、イザベラは勢いそのまま台所に突っ込んだ。

ガシャガシャーンと、何枚もの皿が割れる音がリビングに響く。

半ば無意識に、クロエはリュックを床に下ろして叫んだ。

「やめてください！　お母様……!!　こんなこと……」

「うるさい黙れ!!」

振り向きざまにギンッとクロエを睨みつけ、額から血を伝わせながらイザベラは叫ぶ。

「お前のせいで！　リリーは捕まって！　あんな狭くて臭いところに押し込まれて!!　私も王都に招集される羽目になった！　それに次はお前を交えての審議会！　その結果次第で私も罪を背負うことになるなんて、冗談じゃないわ！」

その叫びに気圧され、クロエは息を呑む。

「お前が消えてしまえば、証言なんてないも同然！　だからお前を殺して、全部を無かったことにしてやるのよ！」

イザベラの言葉で、クロエは理解した。

リリーの一件によって設けられることとなった、イザベラを交えた審議会。

そこでリリーについてはもちろん、シャダフの実家でイザベラが行っていた、クロエへの常習的な虐待の真偽について話し合いの場が設けられることになっている。

その場合、クロエに証言されるとイザベラにとって非常に不利な状況になる。

ゆえに、クロエを殺して全てを有耶無耶にしようとイザベラは考えたのだろう。

（なんて、無茶苦茶な……）

クロエは愕然とする。

「私を殺してもなんにもなりません！　むしろ事態はもっと悪化します！　お願いですから、どうか……」

「うるさい！　うるさい！　うるさい！」

ダンッと勢いよくイザベラは床を踏みつける。

「元はと言えば、お前が逃げ出したのが全部悪いんじゃない！　全部全部、お前のせい！　お前が呪われているせいよ！　お前さえいなければ、お前さえいなければ……‼」

クロエが必死に訴えかけるも、イザベラは聞く耳を持っていない。

もはやイザベラは正気を失っていた。王都の憲兵だって馬鹿ではない。

もし仮にクロエが殺害されれば、すぐにイザベラの名前が上がることは明白のはずだ。

にもかかわらず、イザベラはクロエを襲撃した。

その時点で、イザベラは理性的な判断ができない状態であることは火を見るより明らかだった。

「死ねえ‼‼」

再びイザベラは包丁を振りかぶってクロエに突撃する。

血走った両眼に溢れるのはおぞましいほどの殺意。

「いやっ……」

もつれる足を後退りさせながら、クロエはイザベラから必死に逃れようとする。

しかし避けきれず、腕に一撃を受けてしまった。
「いぁっ……」
痛みで身体から力が抜けて、クロエは床に尻餅(しりもち)をついた。
見上げると、憎悪に満ちた瞳で母が包丁を振り下ろそうとしている。
反射的に、クロエは身体を横に転がした。
ドスッと、今自分のいた場所に包丁が刺さった。
(今のうちにっ……)
イザベラが包丁を抜こうとしている隙に逃亡を図る。
前回、実家でナイフを向けられた際はそれで逃げられた。
しかしその目論見(もくろみ)は果たされなかった。
逃げようとするクロエのお腹にイザベラの蹴りが刺さった。
「かはっ……」
肺から強制的に空気が吐き出される。
お腹を押さえて、身体をくの字にするクロエにイザベラは言った。
「同じ失敗を、するわけないじゃない」
クロエが痛みで動けなくなった間に、イザベラは包丁を床から抜く。
にたりと表情を歪ませて、イザベラはクロエを見下ろした。
武器も助けもない。

また、クロエの抱くイザベラに対する恐怖のせいで身体が思うように動かない。

状況は、最悪だった。

「助けて……ロイドさん……」

縋る気持ちでクロエが言葉を溢すと、イザベラは噴き出す。

「無理無理無理無理！　来るわけがないわ！　あの騎士が夕方まで帰ってこないのは、知ってるのよ！」

嘲笑うかのようなイザベラの言葉に、クロエの絶望がさらに深まる。

（わかってる……ロイドさんが来てくれるわけ、ないって……）

ロイドはまだ仕事だ。この時間帯に帰ってきたことなど一度もない。

現実は、現実だ。本のような物語の世界ではない。

今まではたまたま助けられてきただけだ。ただの幸運にすぎない。

この絶体絶命のピンチにロイドが駆けつけてくれるなんて、都合の良い願望だった。

「頼みの騎士も来ない！　お前は何の抵抗もできない！　ここでお前は一人で死ぬの！　死ななきゃいけないの!!」

もはや勝利を確信したのか、イザベラはクロエに言いたい放題に言葉をぶつける。

イザベラの言葉で、『死』という現実が実態を伴ってきた。

（……私、死ぬの？　こんなところで……？）

せっかく王都まで逃げてきたのに。

せっかく平穏で穏やかな生活を送ることができているのに。

せっかくロイドと心を通じ合わせたのに。

せっかくロイドとの結婚が決まったのに。

幸せはまだまだこれからなのに、こんなことで終わってしまうのか？

以前のクロエならここで諦めて、自分の運命を受け入れていただろう。

呪われた子だから仕方がないと、あっさり生への執着を手放していたはずだ。

しかし。

（そんなの、絶対にやだ……）

手に、足に、力が戻ってくる。リリーに攫われた時、クロエは初めて自分の意思で反抗した。

家族に対する従属心よりも、自我の力が勝った。

ゆっくりと、クロエは立ち上がる。そして、イザベラを睨みつけた。

「その反抗的な目は、なに？」

クロエの目がまだ死んでいないことに、忌々しそうに眉を寄せるイザベラ。

（今まで、ずっとロイドさんに助けてもらった……）

チンピラに襲われた時も。

ルークにちょっかいをかけられた時も。

リリーにホテルに攫われた時も。

（全部全部、ロイドに助けてもらった、助けてもらってばかりだった……）

守られてばかりじゃ駄目だ。

（私が、戦わないと……）

覚悟を、決める。

そしていつの間にか、クロエは自身の身体の強張りが取れていることに気づいた。

（ああ、そっか……）

クロエにとって、イザベラは恐怖の対象であった。

理不尽な暴力、罵倒。お前は呪われた子だと虐げられ続け、イザベラへの畏怖の念が刷り込まれた。

それによって、イザベラを目の前にしただけで、全ての命令を受け入れなければいけないと思ってしまうようになっていた。

しかしその洗脳が解けた今、冷静になって考えれば、イザベラが刃物の扱いに慣れているわけでもない、ただの初老の女性なのだとわかる。

体力やすばしっこさも、年齢を考えると自分の方が断然上。

その事実に気づいたのだ。

「なんなの！　なんなのよその目は！」

クロエの纏う空気の変化に、イザベラの瞳が動揺に揺れる。

イザベラの喚き声を無視して、クロエは深呼吸をした。

——避けるだけであれば、度胸でどうにかできる。

——度胸……。

——そうだ。相手の剣を恐れない心と言っていい。恐れは心を乱し、体の動きを鈍らせる。恐れがなければ、冷静に相手の目と剣の動きから、どう自分の身体を動かせば避けられるかがわかる。

（落ち着きなさい、私……）

ロイドの言葉を思い出して、もう一度息を吐く。

心から恐怖が消え、イザベラの持つ包丁だけに集中できていた。

次の瞬間、イザベラが動いた。

「死ね‼」

包丁を掲げてイザベラが迫ってくる。

しかし先ほどと違って、クロエは冷静に身体を動かしイザベラの攻撃を躱した。

「なっ……」

余裕のある回避を見せたクロエにイザベラの表情が驚愕に染まる。

その間、クロエは、今までロイドが戦っていた時の動きを思い出していた。

（確か、ロイドさんは……）

相手の攻撃を躱してすぐに、反撃に転じていた。

玄人でもない限り、攻撃が不発に終わった瞬間は必然的に隙ができるからだ。

避けられたことで隙が生じたイザベラの背中を、クロエはドンッと突き飛ばした。

「ぎゃっ……」

バランスを崩したイザベラが床に倒れ込む。

クロエは後退りしてイザベラから距離を取った。

その際、先ほど床に下ろしたリュックが足に当たる。

ギギギ……と、ぎこちない動きでイザベラがこちらを向く。

その表情は驚愕に染まっていた。イザベラからしてみれば、クロエは自分の命令に絶対に逆らわない、ただされるがままの存在。

そのはずなのに、明確な反撃を受けた。

驚きが、怒りに塗り潰される。

「よくも！　よくもよくもよくも!!　この私に反抗するなんて、いい度胸じゃない！」

すぐにイザベラは立ち上がり、再び包丁をこちらに向ける。

そしてそのままこちらに駆けてきた。

「死ねえええええ!!」

雄叫(おたけ)びを上げながら突進してくるイザベラに対し、クロエは――リュックから両手で掴んだ七面鳥で包丁を防いだ。

――武器や盾になりそうなものはないかなど、臨機応変な判断力も大事だ。

これも、ロイドの言葉をもとにした咄嗟(とっさ)の判断だった。

「なっ……」

イザベラが目を大きく見開く。

まさかの防御に、頭が追いついていないようだった。

シエルから結婚祝いでもらった七面鳥は大きく、包丁の刃を容易(たやす)く防いでくれた。

「くっ、離せっ……離しなさい！」

包丁が七面鳥に奥深く刺さったことに加え、クロエが間合いを詰めているためなかなか抜くことができない。そんな中、クロエは力を込めて七面鳥を勢いよく横へと動かした。

「あっ……!!」

包丁の刃に対し逆方向の力が加わったため、イザベラの手から包丁が離れる。

無理やり振り払われた反動で捻挫した手首を押さえ、イザベラはクロエを睨みつけた。

「舐めた真似を……!!　返せ！　今すぐ返しなさい！」

「絶対に嫌です！」

「このっ……呪われた子のくせに……!!」

「呪われてない!!」

叫ぶ。

クロエは心の底から、生まれてから十六年もの間、自分を縛り付けていた蔑称を否定した。

「私はクロエ!!　呪われた子なんかじゃない！」

明確な怒りを灯したクロエの激昂。

無防備となったイザベラが僅かに怯む。

気がつくと、クロエは七面鳥を振り翳していた。

イザベラとの話し合いはもう成立しない。

ここでイザベラを逃してはいけない。クロエは無我夢中で、包丁が突き刺さったままの七面鳥を

イザベラへ向けて思い切り降り下ろした。

ゴッ‼

「へぶっ……⁉」

重い打撃音、蛙が潰されたかのようなイザベラの声。

頬を七面鳥で横殴りにされたイザベラの身体はいとも簡単に吹っ飛んだ。

そしてそのまま盛大に壁にぶち当たり、白目を剥いて床に倒れる。

イザベラはぶくぶくと泡を吹いていて、完全に気絶しているようだった。

「はあ……はあ……」

今にも絶えそうな息の中、クロエは七面鳥をテーブルに置いてその場にへたり込んだ。

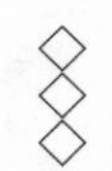

その後のことは朧げにしか覚えていない。

家の中にあったロープでイザベラを拘束した後、クロエはその足で近所の人に助けを求めた。

それから、すぐに憲兵隊が到着する。

おぼつかない言葉で、クロエは憲兵に事の経緯を説明した。

腕についた切り傷、またバルコニーの窓ガラスが破られているなどの状況証拠を踏まえて、クロエの説明が認められた。

こうしてイザベラは憲兵に連行されていった。

最後まで、イザベラは気絶したままだった。

クロエは連行する必要なしと判断され、自宅待機となった。

そんな一連の時間を、クロエはどこか現実味のない気分で過ごした。

ほどなくして、ロイドが帰ってきた。

いつもの帰宅よりも早い時間だった。

「クロエ!!」

荒れたリビングのソファに座っていたクロエを見るなり、ロイドが声を上げる。

おそらく、王城から家まで全力で走ってきたのだろう。

額に汗を浮かべ、息も切らしていた。

「ロイドさん……」

「大丈夫かクロエ!?　怪我(けが)はないか……!?」

ロイドが駆け寄ってきて、クロエの前に跪(ひざまず)く。

そして、怪我の有無を確認するように身体に触れた。

ロイドの声を、手の感覚を感じて、ようやくクロエの胸に安堵(あんど)が降りてきた。

「な、なんとか、大丈夫です……」

安心させるように笑ってクロエが言うと。

「無事で、良かった……」

心底安堵したようにロイドは言って、クロエの胸に額を預けた。

まるで、クロエが確かに生きていることを確認するかのようだった。

「クロエが実の母親に襲われたと憲兵隊から報告を受けて、急いで帰ってきた。すまない、俺がそばにいればこんなことには……」

「そんな、お気になさらないでください」

ゆっくりと、クロエは頭を振る。

「母は、ロイドさんがいない時をあえて狙って侵入してきたんです。だから、ロイドさんが気に病むことはありません」

実際、ロイドにはどうしようもなかった。

あのタイミングでロイドが駆けつけるなんて、奇跡でも起こらない限り不可能だった。

それはロイド自身わかっていた。それでも、クロエの身が危険な時に駆けつけることができなかった悔しさを、ロイドは滲(にじ)ませていた。

「怖かっただろう」

痛ましげな表情をして、ロイドはクロエの手を取る。

自分の手が小刻みに震えていることに、クロエは気づいた。

イザベラに反撃をすると決めてからは無我夢中だった。しかし終わって冷静になると、下手をすれば死んでいたかもしれないという恐怖が舞い戻ってくる。心臓が痛いくらいに高鳴っている。

息も浅くなって、詰まってしまいそうになった。

「大丈夫だ、クロエ」

そう言って、ロイドはクロエを引き寄せる。

「終わった……もう全部、終わったんだ……」

優しい抱擁の中、ロイドは落ち着かせるようにクロエの背中をゆっくりと撫でた。

「はい……」

ぎゅっと、クロエもロイドの服を掴んだ。

ロイドの体温、匂い、そして鼓動のおかげで、乱れていた心が少しずつ落ち着きを取り戻してくる。

「ロイドさん、私、やりました……」

顔を離し、ロイドの目を見てクロエは言う。

「私の力で、私の意思で、自分の身を守ったんです……」

憲兵から詳細を聞いているロイドは、クロエが一人でイザベラを撃退し、拘束したことを知っている。

ロイドは深く頷いた後、冗談めかすように言った。

「言っただろう、クロエには一流の剣士になれる才があると」

それが、安心させるための気遣いから出た言葉だとクロエは察した。

「ふふっ……いっそ騎士を目指してみるのも、良いかもしれませんね」

言うと、再びロイドに抱き寄せられた。

今度は力強く、奮闘を讃えるような抱擁。

「よく、頑張ったな……」

優しく頭を撫でられる。

「はい……」

慈しむような言葉に、クロエの目の奥がじんわりと熱くなる。

「本当に、よく頑張った」

「は、い……うっ……あっ……ううぅ……」

そこでクロエは限界を迎えた。

ロイドの胸の中で、クロエは声を上げて泣いた。

我慢することなんて、できなかった。

死の恐怖を乗り越えて緩んだ緊張感。

ロイドの温かな優しさ。

そして何よりも、『呪われた子』という呪縛から解き放たれたこと。

たくさんの感情が溢れて止められなかった。

ロイドの胸の中で、クロエは赤ん坊のように泣きじゃくるのだった。

イザベラの襲撃から数日後、弁護人を名乗る男、テッドが家にやってきた。

「元々私はリリー様の弁護人で、イザベラ様の弁護にもつく予定だったのですが、事情が大幅に変わってしまったので……」

そう言って、テッドはクロエとロイドに諸々（もろもろ）の説明をしてくれた。

昨晩、イザベラは憲兵に連行された後、そのまま逮捕となった。

「イザベラ様は一切の責任はクロエ様にある、自分は悪くないとの主張を貫いていましたが、これだけ証拠が揃ってしまっていては、誰も聞く耳は持たないでしょう。イザベラ様は精神的にも明らかに異常をきたしてらっしゃるので、もはや全ての発言が妄言に近くなっております」

苦笑いを浮かべながらテッドは言う。

「当然のことだな」

と、ロイドは表情に怒りを滲ませて言った。

また今回の一件によって審議会自体が中止。

クロエが幼い頃より家族から受けてきた数々の所業に関しても、今回の一件で決定的なものだと判断されたらしい。

こうして、リリーはクロエに対する暴行罪で、イザベラは証拠を揉み消そうとして殺人未遂を犯した現行犯として投獄されることとなったようだ。

特にローズ王国では、子殺しは重罪とされている。

未遂とはいえ、自分の寿命が尽きるまでに牢獄から出てこられるか怪しいくらいの懲役を与えられるだろうと、淡々とテッドは話した。

「リリー様とイザベラ様の犯した罪の影響はこれだけには留まりません。今回の一件により貴族社会全体の評判を著しく落としたとして、多額の賠償金はもちろんのこと、最悪、辺境伯としての役割を解かれ家ごと取り潰しになるかと思います」

「そ、そんな大事になっているのですね……」

テッドの説明に、クロエは表情を強張らせる。

家柄のこだわりもなく生活基盤は完全に王都にあるクロエからすると、特に感慨はない。

ただここまで大事になって、たくさんの人に迷惑をかけて申し訳ないという気持ちはあった。

「王都の司法から見ると、本件における罪の所在は明白です。クロエ様は被害者なのですから、気に病む必要は少しもございませんよ」

クロエの内心を察したテッドが優しげな笑みを浮かべて言う。

「私個人の考えですが……とにかくこれで、一旦はクロエ様に危険が及ぶことはなくなったかと思われます。私の方の荷も、ようやく下りたというものですよ」

一連の説明を終えて帰っていくテッドの表情は、憑き物が落ちたかのように晴れやかだった。

おそらく、リリーとイザベラの我儘や横柄さに辟易していたのだろうと、クロエは想像するのであった。

テッドが帰った後、クロエとロイドは気分転換がてら公園にやってきた。

「いい天気ですねえ……」

抜けるような青空、暖かな微風。

どこからか、家族連れの子供が遊ぶ声が聞こえてくる。

つい先日、実の母親に殺されそうになったことを忘れさせてくれるような穏やかさだった。

「とにかくこれで、一件落着といったところか」

「そう、ですね……」

「どうした、浮かない顔をしているが」

ロイドが尋ねると、クロエは申し訳なさそうに目を伏せて言う。

「本当に申し訳ございません、ロイドさん。私の家のことに、色々と巻き込んでしまい……」

リリーの件もイザベラの件も、本来であればロイドには無関係な話だ。

それなのに、巻き込んでしまった。

リリーの件に至ってはロイドが一流の剣士だったから良かったものの、下手をすれば怪我をしていたかもしれない。

自分の家庭の事情でロイドに迷惑をかけた罪悪感に、クロエは苛(さいな)まれていた。

「なんだ。そんなの気にするな」

本当に何も気にしてなさそうな笑顔で、クロエの頭を撫でながらロイドは言う。

「君の家庭環境も、抱えているものも、俺は受け入れている。いわば、クロエの問題は俺の問題でもある。だから、迷惑だなんて思わなくていい。むしろ、困ったことや厄介ごとがあれば、遠慮なく俺を巻き込んでほしい」

「ロイドさん……」

じん、とクロエの胸が温かくなる。

こういうところに心底惚れたのだと、改めてクロエは思った。

同時に、こんなにも良い人が自分なんかを選んで良いのかという気持ちが湧いてくる。

本当に今さらすぎる考えだったが、根本に巣食う自信のなさはまだまだ拭いきれていない。

「ロイドさん、私、こう見えて結構鈍臭(どんくさ)いんです」

「知っている」

「世間知らずなところも、思い込みが激しいところもあります」

「それも知っている」

「何よりも……まだまだ自分に自信がなくて、卑屈なところもたくさんあります。私なんかと一緒で本当に大丈夫なのか、こうしてロイドさんに確かめてしまうところがあります」

「ああ、そうだな」

「それでも」

澄んだエメラルドの瞳を見つめて、問いかける。

「これからも、私と一緒に生きてくれますか？」

「もちろんだ」

有無を言わせない即答。

「クロエさえいればいい、それだけでいいんだ。クロエと一緒にいられるだけで、俺は本当に幸せなんだ」

そう言って、ロイドはそっとクロエの頬に手を添える。

そして、クロエに口付けをした。ゆっくりと、クロエは目を閉じる。

もう何度もしたのに、決して飽きることはない。

ロイドと唇を重ね合うたびに、ドキドキして、顔が熱くなってしまう。

〝好き〟が溢れ出して止まらなかった。

唇が離れた後。

強い意思を宿した瞳で、ロイドは言葉を紡ぐ。

「愛してる」

「私も……」

両手でも抱えきれないほどの笑顔で。

ロイドに対する想いの全てを、クロエはひとつの言葉で伝えた。

「愛しています」

白みがかった青空が、冬の訪れを感じさせる。

冷たい空気の中でも、太陽は穏やかな光を地上に送り届けてくれていた。

今日は、クロエが王都に来てちょうど一年となる日。

しかしこれから行われる催しによって、今日は違う意味を持った日へと変わるだろう。

「大丈夫か？」

重厚な扉を前に表情を強張(こわば)らせるクロエに、ロイドが尋ねる。

ロイドは騎士の正装の中でも、式典などで着用する最上級のものを身につけており、きっちりとした佇(たたず)まいだ。

「は、はい、大丈夫ですっ……」

意気込むようにクロエは言う。

クロエは、繊細なレースで装飾された純白のシルクのウェディングドレスに身を包んでいた。

「転ばないようにな」

「き、気をつけます……」

クロエの鈍臭さは相変わらずだ。

おそらく着るのは今日これきりであろう重たいドレスに、足を取られないか心配なクロエであった。

「転びそうになっても大丈夫だ、俺が支える」

「ふふっ……頼りにしていますよ」

柔らかな笑みを浮かべて、クロエはロイドを見上げた。

そんな二人のやりとりを微笑(ほほえ)ましげに眺める案内人が、口を開く。

「それでは、お入りください」

案内人の合図で、ぎぎいと扉が開く。

二人腕を組んで、一歩を踏み出した。

「わあ……」

思わず、クロエは声を漏らした。

目の前に広がる光景に、クロエの瞳は吸い込まれた。

式場に選んだ教会は、天井が壮麗で高く、ステンドグラスで装飾されている。そのステンドグラスから差し込む陽光は神秘的な色彩を放っている。

まるで、神様が降り注がせてくれた祝福の光のよう。

そんな教会に響くのは、友人たちの弾けんばかりの拍手。

皆、クロエとロイドの結婚を祝おうと集まってくれていた。

紅白の花弁が散りばめられたバージンロードをロイドと共に歩む。

(や、やっぱり転んじゃいそう……)

重く、後ろにも長く広がっているドレスに足を取られそうになりながら、永遠の誓いを交わす祭壇に向かって一歩一歩、ゆっくりと歩む。

(でも、大丈夫……)

隣で、ロイドがしっかりと腕を組んでくれているから。

「ロイドさん、クロエちゃんー！　おめでとうさねー！」

（シエルさん……）

ベンチに座る、クロエのかけがえのない友人たちが祝福の声をかけてくれる。

「おめでとうロイド！　クロエちゃん！」

「ロイド様、おめでとうございます！　ロイド様！　ロイド様！　こっち向いてくださいー！」

「おま！　クロエちゃんも祝福しろ！」

「あいだっ⁉」

（フレディさんにルークさん……）

「ロイドさん、クロエちゃん！　おめでとうー！」

「おさるのおねーちゃん、おめでとう！」

（サラさん、ミリアちゃん……）

「ロイドさん、クロエさん、おめでとうございます！」

（イアンさん……）

「ロイドさん、クロエ様ー！　おめでとうございますー！」

「おめでとうー！」

（シャーリー……ケビンさん……）

数々の言葉たちに、クロエは胸がいっぱいになった。

祭壇に辿り着いた二人は、神父の前に立った。

瞬間、教会内に静寂が舞い降りる。

神父は穏やかな笑顔で二人を迎え、大きな書物を開く。

「私たちは今日、この神聖な場所で、二人が永遠の誓いを交わす瞬間に立ち会います」

落ち着いた重みのある声が、教会内に響き渡る。

「クロエ、あなたはロイドを夫として愛し、共に生涯を送ることを誓いますか？」

「誓います」

緊張で微（かす）かに震えていたが、その目には揺るぎない決意が灯っている。

「ロイド、あなたはクロエを妻として愛し、共に生涯を送ることを誓いますか？」

「誓います」

迷いのないロイドの言葉に、神父はゆっくりと頷く。

「では、指輪を交換してください」

神父の言葉に続いて、ロイドが小さなケースを開ける。

その中には、繊細な彫りの入った金の指輪が眠っていた。

指輪はまるで、二人のこれからの未来を形にしたかのようだった。

大きな手がゆっくりと指輪を取り出し、クロエの指へ。

ロイドの手が触れた瞬間、心臓の高鳴りを感じた。

ゆっくりと、指輪がクロエの指にはまっていく。

指を通る冷たい感触とは裏腹に、心は温かな感情に包まれていた。

この指輪はただの装飾品ではない。

これからの二人の絆を象徴するもので、しっかりと重みを感じた。

次はクロエの番。

ケースから指輪を取り出し、ロイドの指へ。

ロイドは相変わらずの無表情だが、少しだけ緊張しているように見えた。

こうしてロイドの指にも、指輪が収まる。

「神の名の下、これにてあなたたちは永遠の絆を結びました。それでは、誓いのキスを」

神父の言葉で、クロエとロイドは目を合わせる。

そして、口付けを交わした。

瞬間、大きな鐘の音が鳴り響き、歓声と拍手が教会を包み込んだ。

二人の愛が神に認められたかのような、祝福の音であった。

(ああ、なんて……)

なんて幸せなんだろうと、クロエは思った。

一年前、実家を逃げ出しボロボロで、絶望していた自分に教えてあげたい。

(あなたにはこれから……幸せな未来が待っているんだよ、って)

もちろん、嬉しいこと、楽しいことばかりじゃなかった。

何度かピンチもあった。それでも、ロイドとの幸せの方が遥かに上回っている。

そして今、一生の中で最も幸せな瞬間にいるとクロエは確信していた。
ステンドグラスから差し込む光が二人を照らす。
ようやく結ばれた二人の愛を祝福するように、いつまでも、いつまでも照らしていた。

✦エピローグ

結婚したからといって何かが劇的に変わるわけではなく、クロエはロイドと共に平穏な日々を過ごしていた。

「んっ……」

朝、いつもの時間に起きたクロエが身体（からだ）を起こす。

寝ぼけ眼（まなこ）を擦った際、窓から差し込む光が、クロエの薬指にはまる指輪をきらりと照らした。

ロイドと永遠を誓い合った証。

結婚式の日からずっとつけているが、今でも見ると笑みが溢（こぼ）れてしまう。

横を見ると、規則正しい寝息を立てるロイドがいる。

ロイドの指にも、クロエと同じ指輪が収まっていた。

今一度、クロエは布団に潜り込みロイドに身を寄せる。

「うふふ……」

多幸感に、笑みが漏れる。

微睡（まどろみ）の中、ロイドの体温と匂いに包まれるのが、クロエの日課となっていた。

しばらくロイドを堪能してから、クロエはベッドから下りた。

窓を開けて、太陽の光とひんやりと冷たい空気を浴びてから一日が始まる。

その後、クロエはパジャマから普段着に着替える。

洗面所で顔を洗い、鏡で寝癖を整えてから朝食の準備に取り掛かった。

夫婦となり、クロエは家政婦ではなくなった。

しかしそれでも、クロエの家での役割は変わらない。

「……おはよう」

「おはようございます、ロイドさん」

朝食が出来上がる時間に、ロイドがのそのそとやってきた。

そして、朝食を作るクロエにそっと口付けをする。

軽く触れるくらいの、おはようのキス。

「今日も美味しそうだ」

テーブルに並ぶ朝食を見て、ロイドは言った。

それから二人でいただきますをして、朝食を楽しんだ。

「ふふっ……」

「どうした？」

食事中、笑みを漏らしたクロエにロイドが尋ねる。

「いえ……幸せだなあって、思って」

愛する人と一緒に、朝食を囲む。

何気ない時間が、何よりも愛おしい。

そんなクロエの内心を、ロイドは察して言う。

「俺も……クロエと過ごす毎日は、とても幸せだ」

ロイドの言葉に、クロエは頰を綻ばせた。

他人同士だった二人が出会い、恋をして、共に一緒に過ごしていく。

それは、今日も世界のどこかで行われているありふれた幸せの形。

けれど、呪われた子として生まれたクロエにとっては、両手でも抱えきれないほどの幸せだった。

「今日のお弁当にはローストビーフを入れました」

朝食を終え、仕事の準備を済ませたロイドにクロエは弁当を持たせる。

「良いな。訓練が捗る」

「ふふっ、大好物ですもんね」

「今日も、いつもの時間に帰ってくる」

「はい、待ってます」

そう言って、クロエは背伸びをする。ロイドも顔を近づけ、唇を重ねる。

これも、軽く触れ合うくらい。いってらっしゃいのキスだった。

「それでは、いってくる」

「いってらっしゃい、ロイドさん」

ドアが閉まるまで、クロエは手を振って見送った。

「さて……」

一人になって、クロエは晴れ晴れとした表情で言った。

「今日は一日、どんなふうに過ごそうかな」

クロエ・スチュアート。

元辺境伯令嬢、今はロイドのお嫁さん。

これからも、王都で大好きな人と暮らしていく。

あとがき

おわっ……た……。

何やら、財布なくしたようなリアクションみたいですが、ニュアンスとしては正反対です。

そう、終わったのです。

呪われた子として虐げられてきたクロエと、王都のエリート騎士ロイドの物語は、この三巻を以てめでたく完結となりました。

祝！　完結！

言ってみたかったんですよ、この言葉。

ああいや、今までの人生で一度も物語を完結させたことがないわけではありませんが、商業作品においては完結巻まで刊行できたことはありませんでした。

なので今回、クロエとロイドの物語を完結という形で最後まで読者の皆様にお届けできたことを、作者としてとても嬉しく思います。

これもひとえに読者の皆様の応援のおかげです。

私の胸の中いっぱいに膨らんだありがとうの気持ちを伝えるべく、今この文章を読んでらっしゃる一人一人に手土産を持参して感謝の舞を披露しに行きたいところですが、おそらく精神的な苦痛を強いてしまう上に、一一〇番通報の手間を取らせてしまうことになりそうなので、あとがきの場をお借りしてお礼申し上げます。

本当にありがとうございました！

正直なところ、広げようと思えば広げられるエピソードはまだあると思うのですが、蛇の足のように続けるのは性に合っていないので、結婚という節目で一区切りとさせていただきます。

思い返せば本作は、私が『小説家になろう』様に投稿した二作品目の異世界恋愛作品でした。

異世界恋愛ジャンルの中でも、悪役令嬢ものや復讐ものなど、様々なコンセプトがある中で私は『不遇な主人公が幸せになるシンデレラもの』を好んで書く傾向があります。

とにかく可哀想で不遇な主人公を幸せにしたいという性癖を持つ私が、一作目が落ち着いたタイミングで「次はなに書こっかな～」と座っている椅子をくるくるさせながら考えていたところ、「呪われた子！」と空から降ってきたわけです。

そこから、本作の構想が生まれました。

境遇を見るとクロエは、いわゆる閉鎖された田舎の思い込みや慣習によって虐げられてきた少女です。なので、ヒーローはクロエの持つ「私は、呪われた子なんだ……」という幻想を一刀両断にぶった斬ってくれそうな、つよつよエリート騎士様になりました。

そんなロイドも、クロエと同じように重い過去を持っています。

なので、お互いに深い共感を覚えすぐに距離は縮まりました。

また性格面を見ると、明るく社交的なクロエに対して、ロイドは感情の起伏が少なく、他者との交流に消極的です。

一見、性格は正反対な二人だけど、お互いに共感し合えることはし合える。

欠けた部分を補い合える……そんな二人の運命的な出会いと、恋愛に奥手な二人が心から愛し合うまでの過程を描きたい！

という情熱のまま完結まで突っ走りましたが、楽しんでいただけましたでしょうか？

本作が読者の皆様にとって少しでも癒しになりましたら、作者としては嬉しい限りです。

あ、そうだ！

小説としてはこの巻で完結となりましたが、コミックはまだまだ続いております。

なんなら始まったばかりです笑！

DREコミックスというサイトで途中まで無料で読めるので、是非是非覗きに行ってくださいね。

二巻あとがきで予想した通り、漫画になったクロエちゃんも可愛い！　ロイドもかっこいい！

とっても良い仕上がりになってますので、こちらもチェックをお願いしますね！

単行本の一巻は二〇二三年の十一月末に発売される予定です！

ばっちりと宣伝を入れていたら皆様とのお別れが近づいて参りましたね。

名残惜しいですが、最後の謝辞を。

担当Fさん、完結までお付き合いありがとうございました。

時には嬉しくなる感想を、時には厳しいご意見を交互浴のようなバランスでいただき楽しく原稿作業を進めることができました。

イラスト担当の有谷実先生、最後まで素敵なイラストをありがとうございました。

三巻表紙の幸せいっぱいのクロエちゃんは、有谷先生だからこそ表現できた最高の一枚だと思います。額縁に飾って家宝にします。

本作を執筆するにあたって惜しみないアドバイスをくださった友人たち、遠い田舎の地からそっと応援してくれている両親、ウェブ版の更新についてきてくださった読者の皆様、本書の出版にあたって関わってくださった全ての皆様に感謝を。

本当にありがとうございました！

それではまた、他の作品でもお会いできることを祈って。

青季ふゆ

DRE NOVELS

ド田舎の迫害令嬢は
王都のエリート騎士に溺愛される 3

2023年11月10日　初版第一刷発行

著者　青季ふゆ
発行者　宮崎誠司
発行所　株式会社ドリコム
〒141-6019　東京都品川区大崎2-1-1
TEL　050-3101-9968
発売元　株式会社星雲社（共同出版社・流通責任出版社）
〒112-0005　東京都文京区水道1-3-30
TEL　03-3868-3275
担当編集　藤原大樹
装丁　AFTERGLOW
印刷所　図書印刷株式会社

ISBN978-4-434-32874-9

ファンレター、作品のご感想をお待ちしております。
右の二次元コードから専用フォームにアクセスし、作品と宛先を入力の上、
コメントをお寄せ下さい。
※アクセスの際に発生する通信費等はご負担ください。

人質姫が、消息を絶った。
～黒狼の騎士は隣国の虐げられた姫を全力で愛します～

鰺御膳
［イラスト］中條由良

行方不明になった隣国の姫ソニアを捜索することになった騎士アーク。捜索を進めるうちに彼は彼女に入れ込んでしまうが、消息不明のまま捜索は打ち切りに…と思ったら、偶然そのソニア本人を見つけてしまい!?　ワケありな彼女に協力するため、アークはニアと名を変えた彼女と結婚することに。絶望的なほどに女慣れしていないアークだったが、ニアを幸せにするため全力を尽くす…!　アークの不器用な誠実さに、二人の距離は少しずつ縮まっていくが、結婚式を目前に思わぬ邪魔が入り――果たして二人は幸せに結婚できるのか!?

失踪&契約結婚から始まる、両片想いジレ甘ラブロマンス開幕！

婚約者が浮気相手と駆け落ちしました。
王子殿下に溺愛されて幸せなので、
今さら戻りたいと言われても困ります。

櫻井みこと
［イラスト］黒裄

一年前に音信不通となった一歳年上の婚約者リースを追いかけ、王立魔法学園に入学した田舎領地の伯爵令嬢アメリアは、学園で不穏な噂を耳にする。それはリースが懇意にした令嬢（浮気相手）との純愛をアメリアが邪魔しているというもの。事実無根な噂で孤立してしまう彼女だったが、なぜか第四王子サルジュ殿下に見初められてしまい――!?

「私には、アメリアがいてくれたらそれでいい」

（そんなことを言われたら、勘違いしてしまいますよ）

私、婚約者のことなんてどうでもよくなるくらい、王子殿下に溺愛されてしまいました――傷心から始まる、究極の溺愛ラブロマンス!

悪役令嬢はキャンピングカーで旅に出る
～愛猫と満喫するセルフ国外追放～

ぷにちゃん
［イラスト］キャナリーヌ

悪役令嬢として断罪されたミザリーは、隠していた超チートスキル「キャンピングカー」を使って、愛猫のおはぎと共に国を出る。
《レベルアップしました！》
えっ!?　トイレにキッチン、カーナビ、空間拡張に鑑定機能まで追加!?　走るだけで機能が増えていくキャンピングカーで快適な旅を送りつつ、前世で憧れていた焚き火やキャンプ飯を楽しんだり、村人と交流したり、さらには出くわしたスライムを倒したり。そうして旅を楽しんでいたら、行き倒れの冒険者を見つけて——!?　乙女ゲームのエンディング後から始まるアウトドアスローライフ開幕！